C'est avec beaucoup d'émotion
que je vous dédicace, amis lecteurs
de France Loisirs,
ce nouveau roman que je qualifierais
« de jeunesse »,
car c'est le premier que j'ai écrit. Tapi dans
mon ordinateur, jamais encore publié, il voit enfin
le jour et je vous en donne avec plaisir la primeur.
Bonne découverte et
bonne lecture.

Th. Lahaie

Les naufragés
du déluge

Christian Laborie

Les naufragés du déluge

Éditions de Noyelles,
avec l'autorisation des Éditions Presses de la Cité

31, rue du Val de Marne, Paris

Le Code de la propriété intellectuelle n'autorisant, aux termes des paragraphes 2 et 3 de l'article L. 122-5, d'une part, que les « copies ou reproductions strictement réservées à l'usage privé du copiste et non destinées à une utilisation collective » et, d'autre part, sous réserve du nom de l'auteur et de la source, que les « analyses et les courtes citations justifiées par le caractère critique, polémique, pédagogique, scientifique ou d'information », toute représentation ou reproduction intégrale ou partielle, faite sans le consentement de l'auteur ou de ses ayants droit ou ayants cause, est illicite (article L. 122-4). Cette représentation ou reproduction, par quelque procédé que ce soit, constituerait donc une contrefaçon sanctionnée par les articles L. 335-2 et suivants du Code de la propriété intellectuelle.

© Presses de la Cité, 2020

ISBN : 978-2-298 16694-1

Avertissement

Ce roman est une pure fiction.

Si l'auteur a choisi de placer l'action au cœur des Cévennes, sa région de prédilection, où il réside, tout ce qu'il narre est sorti de son imagination débordante !

Encore que…

Si par malheur les hommes ne se rendaient pas à la raison, ce qu'il imagine ici ne pourrait-il pas se réaliser ?

Et si l'être humain était en train de programmer sa propre fin ?

Milieu du XXIᵉ siècle

Le monde subit depuis plus d'un demi-siècle les effets catastrophiques du réchauffement climatique. La météo devient de plus en plus incontrôlable à cause de l'effet de serre provoqué depuis des décennies par les puissances industrielles anciennes et émergentes.

Aucune n'a jamais sérieusement pris en compte les méfaits d'un tel dérèglement. Le niveau des mers et des océans n'a cessé de monter, chassant les populations des régions côtières de leurs lieux d'habitat traditionnels vers l'intérieur des terres et provoquant des vagues d'immigration incontrôlées. Tous les pays ont été touchés, même ceux qui se croyaient à l'abri du phénomène.

Le climat s'est petit à petit modifié. Les zones chaudes sont une fois de plus les plus affectées. Le désert avance. La forêt équatoriale, assaillie par la cupidité des hommes, n'est plus que l'ombre d'elle-même. Les chutes du Zambèze sont complètement asséchées.

Les zones tempérées sont devenues moins hospitalières. Les précipitations s'y sont globalement amenuisées, de façon inquiétante. Les prairies ont laissé la place aux steppes. En revanche, dans les pays du Nord, les pluies tombent souvent en averses brutales et occasionnent des inondations effroyables, transformant les plaines en véritables marécages pendant de longs mois. Tout l'écosystème a été perturbé, et ce depuis la fin du XXe siècle.

Aussi les modes de vie ont-ils profondément changé les habitudes des habitants de la Terre. Ceux-ci vivent de plus en plus dans l'angoisse de lendemains incertains.

Dans ce monde en perpétuelle mutation, tandis que les météorologues du monde entier scrutent sur leurs écrans les moindres soubresauts du ciel, dans les Cévennes la famille Jourdan semble à l'écart des turbulences de la planète, recluse dans son vieux mas de pierre, comme à l'époque où il faisait encore bon vivre au milieu d'une nature accueillante et généreuse.

Est-elle consciente de ce qui l'attend ?

1

Premier jour
Lundi 6 septembre 2060, 15 h 02
Saint-Jean-de-l'Orme, Cévennes

— Papa, papa ! Regarde là-bas. Le ciel est tout noir. C'est plein de nuages...

— Ils avancent droit sur nous. Cela fait très longtemps que je n'en ai pas vu d'aussi gros !

— Il va pleuvoir ?

— Ce serait étonnant. Mais on ne sait jamais.

Jonathan s'en retourna vers la hutte de branchages qu'il tentait de construire de ses mains habiles. À douze ans, comme son père, il aimait vivre en plein air, dans les bois qui entouraient le mas de ses parents, le long de la rivière en été, ou en haute montagne en hiver, quand il partait skier en famille.

— De là-haut, je veille sur la maison. Si quelqu'un arrive, je le verrai avant qu'il franchisse le portail.

— OK, monte bien la garde ! Que personne ne me dérange pendant ma sieste !

Simon Jourdan venait de faucher l'herbe sur l'une des faïsses[1] de sa propriété et s'apprêtait à s'allonger à

---

1. Dans les Cévennes, terrasses cultivées.

l'ombre d'un énorme figuier. Son fils Jonathan jouait fréquemment à ses côtés quand il travaillait sur ses terres. De la forêt voisine, le jeune garçon rapportait souvent des branches mortes qui finissaient toujours dans la cheminée. Parfois il tombait sur un terrier de lièvre ou sur un passage de sangliers. Ceux-ci pullulaient dans la région depuis que les chasseurs se faisaient rares. La race s'était abâtardie, car, plus d'un siècle auparavant, les sociétés de chasse avaient encouragé le croisement des sangliers avec des cochons domestiques. Alors que les bêtes sauvages n'avaient qu'une seule portée par an, les individus qui se reproduisaient à présent en accomplissaient au moins trois, comme leurs cousins porcins. Le bonheur des chasseurs s'était vite transformé en cauchemar pour tous les propriétaires ruraux, du fait des dégâts occasionnés par ces animaux de moins en moins craintifs qui s'approchaient de plus en plus près des habitations. Il n'était pas rare de voir des sangliers fouiller les poubelles dans les rues mêmes des villes du département, à l'image des coyotes dans les banlieues de Los Angeles.

Depuis quelques années, les Jourdan étaient installés à Saint-Jean-de-l'Orme, commune des basses Cévennes, un de ces villages accueillants où l'on savait privilégier la convivialité à l'anonymat des grosses cités.

Simon avait choisi de vivre loin des conurbations tentaculaires, des usines et des centrales atomiques, des voies ferrées pour TGV et des réseaux autoroutiers, pour fuir la vie stressante qu'il menait auparavant, à l'époque où, accaparé par son travail, il avait l'impression de sacrifier sa famille sur l'autel de la modernité. Les Cévennes étaient encore une région qui fleurait bon le XXe siècle. Éloignées des turbulences des grands pôles urbains et des axes de développement intensif, elles étaient restées fidèles à leur passé. Méfiantes vis-à-vis des décisions prises par les technocrates de la région, elles demeuraient à l'écart des plans ambitieux d'aménagement du territoire concoctés par les dirigeants de l'Union européenne, laquelle ne comptait plus désormais que vingt membres.

Les montagnes cévenoles s'étaient vidées de leurs derniers habitants. Les petites villes de l'intérieur devenaient des cités fantômes, leur population vieillie par le manque de renouvellement des générations. Le culte protestant avait presque disparu. Les temples, jadis centres de rassemblement de communautés pleines de ferveur, étaient fermés pour la plupart, faute de pratiquants. Ce qui faisait la fierté des anciens avait sombré dans l'oubli.

La forêt de chênes verts et les friches s'étendaient à perte de vue, de serres en valats[1]. Les terrasses, abandonnées à la suite de la Grande Guerre, s'effondraient, faute d'entretien. Les ronces, la salsepareille, les buissons épineux dévoraient inexorablement les murs en pierre sèche qui se dissimulaient ainsi sous leur couvert, à l'image des ruines d'une civilisation perdue. Partout où, jadis, à la sueur de son front et parfois au péril de sa vie, l'homme avait édifié des constructions

---

1. De crêtes en vallons.

titanesques défiant la raison, la nature avait repris le dessus et anéanti ses efforts en l'espace de quelques décennies.

Cette existence retirée n'était pas pour déplaire à la famille Jourdan. C'était un choix calculé, une décision adoptée en commun, sans l'ombre d'une hésitation, dès la naissance de la petite Alice, huit ans plus tôt.

À l'époque, Lise, la femme de Simon, avait cessé son travail, quittant sans regret son agence de publicité de Lyon pour se consacrer à l'éducation de ses deux enfants.

Simon, quant à lui, journaliste dans un quotidien national, avait pris du recul. Ayant trop souvent vécu loin des siens, il supportait de plus en plus mal de devoir s'absenter des jours entiers, voire plusieurs semaines, pour couvrir les événements d'un monde en perpétuelle ébullition. En outre, ses reportages mettaient parfois sa vie en péril. Il partait fréquemment dans les pays du Moyen-Orient et de l'Afrique subsaharienne, où les groupes djihadistes tenaient toujours à leur merci les gouvernements des anciennes dictatures, qui avaient toutes explosé les unes après les autres et sans discontinuer depuis que l'Iran, plus de quatre-vingts ans auparavant, avait sombré dans la tyrannie religieuse. Comme certains l'avaient prédit, le XXIe siècle était celui du terrorisme islamiste et de l'avancée des thèses les plus extrémistes. Qu'en serait-il dans les décennies à venir ?

Aussi Simon avait-il obtenu de travailler à distance. On lui avait alors confié une chronique régulière dans son propre journal en télétravail. Ce qui lui permettait de vivre plus sereinement, dans un endroit reculé propice à la réflexion. De son ordinateur connecté par intranet au quotidien, il travaillait à domicile, sans être dérangé. Sa seule contrainte était de se maintenir au courant de l'actualité, afin de pouvoir alimenter son éditorial hebdomadaire.

Dans le grenier du Moulin, le vieux mas qu'il avait acquis et restauré avec Lise, il s'était aménagé un bureau confortable où régnaient son ordinateur portable, sa tablette numérique et un écran géant de télévision de dernière génération 3D, sur lequel passaient en boucle les informations du monde entier.

Certes, Simon gagnait moins d'argent et avait dû adapter son niveau de vie à ses nouvelles conditions de travail, mais l'existence qu'il menait avec les siens lui convenait tout à fait.

Les enfants ne fréquentaient pas l'école communale. Celle-ci avait disparu depuis longtemps dans la désertification des campagnes. Ils suivaient des cours à distance par visioconférence avec des enseignants qui officiaient depuis Paris.

Alice et Jonathan s'épanouissaient à merveille au contact de la nature. Leur sensibilité s'en trouvait exacerbée. Simon et Lise étaient persuadés qu'ils étaient les pionniers d'un genre de vie qui se généraliserait bientôt, dès lors que les agglomérations, à force d'engloutir insatiablement toutes les générations, finiraient par vomir leur trop-plein de population dans les zones délaissées depuis le milieu du siècle précédent. Les départements et les régions avaient été fondus en grandes unités administratives, toutes autonomes, qui avaient plus d'obligations et de contraintes envers la capitale de l'Europe, Berlin, qu'envers la capitale nationale elle-même. Le pouvoir réel avait été déplacé vers le cœur de l'Europe, chaque pays membre ayant accepté d'abdiquer son indépendance au profit d'un État hyperfédéral dont le président était élu au suffrage universel.

Outre ses impératifs journalistiques, Simon entretenait sa propriété. Autour du mas, aucune terre n'était à l'abandon ; pas un muret qui n'ait été remonté avec ferveur, pas une parcelle qui ne fût nettoyée, voire cultivée. Il jardinait sur quelques faïsses, ce qui lui permettait de subvenir aux besoins de sa famille. Sur d'autres, il laissait pousser l'herbe pour sa chèvre, sa brebis et sa mule qu'il élevait comme des animaux domestiques, pour le plus vif plaisir d'Alice et de Jonathan.

Lise, de son côté, était très occupée à surveiller l'enseignement de ses enfants et à confectionner leurs habits ou à les raccommoder. Le soir, elle s'adonnait à la peinture, son passe-temps favori, mais aussi son plus grand regret, car elle avait toujours rêvé de devenir une artiste reconnue.

« Si j'avais pu, avouait-elle parfois avec une pointe d'amertume, j'aurais aimé vivre de mes toiles. »

Elle avait installé son atelier à côté du bureau de Simon et, tandis que son mari écrivait, elle peignait avec beaucoup de talent et de sensibilité les émotions de sa journée.

Leur vie s'écoulait ainsi avec calme et sérénité.

Rien ne semblait pouvoir la perturber.

— Papa ! Les nuages cachent le soleil !

À moitié endormi, Simon sortit de sa léthargie.

— C'est pour ça que tu me déranges !? Tu vois bien que ce n'est qu'un passage de cumulus.

— C'est bizarre, je te dis.

— Fiche-moi la paix. Je me repose.

Vexé, Jonathan retourna à sa hutte de branchages en ronchonnant.

— Quand le ciel nous tombera sur la tête, il sera trop tard !

L'ombre des arbres se dissipa rapidement, comme si, soudain, une lourde chape d'anthracite recouvrait la terre. À travers ses paupières closes, Simon s'aperçut que la luminosité perdait de son intensité. Il entrouvrit les yeux, ressentit quelque chose d'insolite.

Le ciel s'était paré d'un blanc laiteux.

Il demeura immobile. Observa. Intrigué.

Les cigales avaient cessé de chanter, plongeant la montagne dans un brusque silence, plus audible que le bruit qu'elles émettaient en se frottant les ailes par temps de canicule. Un silence pareil à celui qui précède les fortes chutes de neige tandis que le ciel devient uniforme et menaçant.

Tout ensommeillé, il n'osa troubler cette atmosphère bizarre qu'il percevait maintenant jusqu'au plus profond de son être. Il se mit à frissonner. Pourtant il n'avait pas froid.

Lentement, il s'assit et se tourna vers l'ouest.

Le soleil perçait à peine, à moitié caché sous un voile de nuages opaques. Une barre noirâtre obstruait l'horizon.

Bon sang ! se dit Simon. Il y a longtemps que le ciel n'a pas eu cet aspect. Se pourrait-il qu'il pleuve ? Ce serait trop beau !

Puis, se tournant vers Jonathan :

— Tu ferais bien de dresser une toile de tente imperméable par-dessus ta hutte.

— Tu crois qu'il va pleuvoir ?

— Possible. Je vais me dépêcher de rentrer le foin, on ne sait jamais.

En ce début septembre, les grosses chaleurs s'atténuaient. Le vent marin apportait un peu de fraîcheur. Quelques décennies plus tôt, les pluies d'automne occasionnaient encore beaucoup de ravages, les catastrophes étaient fréquentes. Mais cela n'était plus que paroles d'anciens. Depuis un demi-siècle, après avoir redoublé pendant quelques années, les averses diluviennes s'étaient raréfiées et avaient fini par disparaître. Elles ne sévissaient plus à présent que dans le nord de l'Europe.

Simon, cependant, gardait toujours en mémoire le souvenir des récits de son grand-père, un vieux Cévenol, un vrai, qui résidait dans la commune avant que lui-même ne vienne s'y installer avec Lise. Enfant, il adorait l'écouter raconter ses histoires d'inondations ou de tempêtes de neige, qui remontaient au temps de sa jeunesse. C'était l'époque où les habitants étaient obligés de s'entraider pour lutter contre l'adversité des éléments. Il imaginait mal de tels cataclysmes, n'ayant jamais connu que la sécheresse et la chaleur. Déjà son père se plaignait que le climat se détraquait et que l'homme finirait par mettre la planète en danger

Lui-même n'avait pas vécu cette période où les quatre saisons étaient bien marquées, avec des hivers froids et neigeux, des étés chauds et secs, des printemps et des automnes pluvieux, comme c'était la norme sur les versants montagneux en pays méditerranéen.

En un tournemain, il rassembla les andains en meules pointues, à la manière des paysans d'autrefois. Puis, d'un pas assuré, il s'en alla quérir une remorque légère qu'il tira à la force de ses bras. Haletant, il enfourcha le foin et l'entassa sur le plateau du véhicule. Son travail terminé, il appela Jonathan pour qu'il l'aide à pousser le chargement vers la grange.

Celle-ci était adossée au corps principal du mas et s'ouvrait largement sur l'extérieur par un portail de bois patiné par le temps. Simon y entreposait son matériel agricole. C'était le seul endroit de l'antique bâtisse qui sentait encore l'activité des ancêtres : odeurs de paille sèche et de vieux châtaignier, relents d'étable et d'écurie. La chèvre et la brebis y étaient logées, dans un recoin, une sorte de petit paddock que Simon leur avait spécialement aménagé. Elles y évoluaient à leur aise, quand elles ne déambulaient pas dehors, sur les faïsses, occupées à manger l'herbe jaunie et les ronces.

2

Premier jour
Lundi 6 septembre 2060, 17 h 13
Saint-Jean-de-l'Orme, Cévennes

Lise était une femme très attachée aux valeurs familiales. Loin de militer dans l'un de ces mouvements féministes qui avaient fleuri dans la seconde moitié du XXe siècle, elle préférait consacrer son temps à bâtir et à consolider son foyer dans une atmosphère calme et sereine. Dans ce domaine, elle se démarquait de la plupart de ses anciennes amies, de l'époque où elle habitait à Lyon et fréquentait le gotha de la société branchée de la capitale des Gaules.

L'emploi qu'elle avait jadis occupé dans une agence de publicité lui avait révélé le caractère superficiel de la société moderne. Celle-ci ne lui convenait plus. Consommation, convoitise, appât du gain, soif de posséder masquaient, à ses yeux, les vraies valeurs de l'existence et le véritable sens du travail.

Aussi avait-elle l'impression d'être privilégiée en vivant à l'écart de ce monde. Avec Simon, elle n'envisageait pas de revenir en arrière, consciente que le mode de vie qu'ils avaient choisi ensemble, s'il paraissait sorti tout droit des idéaux soixante-huitards du XXe siècle – du moins ceux des origines, avant que les enfants de la révolution des mœurs ne retournent à leurs penchants bourgeois –, avait encore un certain avenir pour tous ceux qui, comme eux, refusaient l'évolution de ce siècle.

Leur mas leur ressemblait. Tapi au creux d'une petite vallée qui n'était plus drainée que par un mince filet d'eau intermittent, le Castandel semblait émaner d'un autre univers. Accroché à même le rocher, il dressait fièrement ses murs épais de pierre patinés par le temps et arborait de multiples toits aux tuiles romaines lustrées par le soleil.

Les pièces d'habitation se trouvaient à l'étage, au-dessus de la grange et du hangar. Simon en avait entrepris lui-même la restauration. À l'emplacement des anciennes fenêtres, des baies vitrées protégées par des vénitiennes électriques inondaient les pièces de clarté et laissaient entrer la nature à l'intérieur du logis.

Il avait abattu les cloisons intérieures pour dégager un vaste espace central qui servait à la fois de cuisine, de salle à manger et de salon. Au même niveau, toutes les chambres ouvraient sur le séjour, qui se trouvait ainsi au cœur de la maison. Dans le grenier, à l'étage au-dessus des pièces à vivre, la magnanerie[1] avait été transformée en un lieu de travail et de loisirs très accueillant, où la famille aimait venir se réfugier. Le bureau de Simon se trouvait dans une petite pièce aménagée à côté.

---

1. Lieu où l'on élève les vers à soie.

Le mas ne manquait pas de confort. Ni Simon ni Lise ne dédaignaient ce que la civilisation moderne apportait pour simplifier la vie quotidienne. Ils n'étaient pas de ceux qui prônaient le retour à la chandelle et à la voiture à cheval, et qui rejetaient en bloc les bienfaits de l'informatique, de la domotique et de la sécurité à distance. Certes, ils n'adhéraient pas à toutes les innovations de leur époque et évitaient de tomber dans les pièges de la consommation à l'excès, ils mettaient toujours en garde leurs enfants contre toute invasion de l'esprit par la dictature de la technologie. Mais ils prenaient soin de faire la part de l'utile et du superflu, et étaient soucieux de leur inculquer la modération en toute chose, surtout dans les domaines où la facilité risquait de conduire à l'aliénation de l'individu. Et si, de l'extérieur, le Castandel restait fidèle à ce qu'il avait été dans les siècles précédents, à l'intérieur il offrait tous les avantages d'une habitation digne de son temps.

L'après-midi se terminait dans une chaleur oppressante. Une chape de plomb écrasait la vallée au point d'en étouffer tous les bruits.

Une fois le foin mis à l'abri dans la grange, Simon revint vers le mas, curieux de savoir ce que faisaient sa fille et son épouse.

— Lise ? Alice ? Il n'y a personne dans cette maison ! Où êtes-vous ? Si vous faites la sieste, il est temps de vous réveiller !

Personne ne répondit. Le mas semblait vide. Simon monta jeter un coup d'œil dans le grenier : personne.

Où peuvent-elles être à cette heure-ci ? se demanda-t-il. Je ne les ai pas vues sortir !

— Jonathan, de ton repaire de Sioux, as-tu vu ta mère et ta sœur s'en aller ?

— Non, je n'ai vu personne.

— Où sont-elles donc ? s'inquiéta Simon. Ta mère ne m'a pourtant pas dit qu'elle partait faire des courses !

Alès, la ville la plus proche, se trouvait à une trentaine de kilomètres. Une demi-heure de route, avec le puissant 4 × 4 que Simon avait acquis en même temps que le vieux mas.

C'était une moyenne conurbation dont le nombre d'habitants avait doublé en l'espace d'un siècle, passant de cinquante mille à plus de cent mille en ce milieu de XXIe siècle. Des quartiers entiers s'étaient paupérisés, notamment à la périphérie. En effet, l'exode vers les plus grosses agglomérations de la plaine avait provoqué le retour et l'implantation d'une bourgeoisie locale dans le centre et le rejet des citadins pauvres dans les banlieues. La cité historique avait été restaurée et devait son animation aux commerces de proximité et à la présence d'une population âgée de plus en plus nombreuse. Aux alentours, on rasait les uns après les autres les anciens quartiers d'immeubles collectifs, excroissances uniformes et asociales datant de l'époque lointaine de l'expansion urbaine. Petit à petit, la ville faisait peau neuve ; ce qui n'était pas pour déplaire à Simon, qui espérait toujours un juste retour vers un monde plus viable, à échelle plus humaine.

Les zones périurbaines, pour la plupart, étaient des secteurs sous haute surveillance. Elles s'étendaient à l'infini. Toutes les politiques de la ville pratiquées depuis des lustres avaient échoué. Les déshérités s'y entassaient, plus abandonnés que jamais. Ils formaient des populations bigarrées, certaines chassées de leur pays natal par la guerre et la famine.

De temps en temps, on démolissait tout un ensemble d'immeubles insalubres et l'on relogeait les habitants dans des communes limitrophes. En réalité, on ne favorisait que le déplacement de la misère, de la délinquance et de l'insécurité.

La cité cévenole n'avait pas échappé à cette évolution. Aussi, quand ils s'y rendaient pour leurs achats, les Jourdan évitaient autant que faire se pouvait ces quartiers marginalisés et, toutes portières bloquées, gagnaient le centre-ville sans traîner. Les actes de violence et de racket étaient en effet quotidiens. Des bandes organisées de jeunes voyous arraisonnaient régulièrement les automobilistes qui s'arrêtaient aux feux rouges ainsi que ceux qui osaient s'aventurer dans leurs fiefs. Le car-jacking était devenu tellement fréquent que les compagnies d'assurances exigeaient des conducteurs qu'ils prennent une couverture spéciale pour le danger qu'il représentait.

Les forces de l'ordre elles-mêmes hésitaient à intervenir. Elles préféraient s'en remettre aux milices privées des quartiers concernés, lesquelles avaient toutes, en réalité, partie liée avec les bandes locales. Seuls les secteurs délimités par la voie ferrée au nord et la vallée du Gardon au sud formaient une zone de relative tranquillité, la ville au vrai sens du terme. Celle-ci était surveillée en permanence par la police municipale, doublée d'une milice bourgeoise armée jusqu'aux dents. À chaque entrée du bourg, à chaque pont sur la rivière, les unités de sécurité contrôlaient les passants, fouillaient les voitures, refoulaient ou embarquaient toutes les personnes suspectes.

Cette atmosphère n'était pas spéciale à cette cité. Dans les mégapoles de l'Hexagone, la situation était pire encore. Mais les habitants s'y étaient habitués, et c'était de bon gré qu'ils se laissaient ainsi dépouiller de leur liberté de mouvement au profit de leur sécurité.

Lorsqu'elle descendait en ville, Lise n'était jamais tout à fait rassurée.

3

Premier jour
Lundi 6 septembre 2060, 17 h 28
Alès, Cévennes

Lise et Alice se hâtaient de terminer leurs achats dans la vaste zone commerciale souterraine du centre de la cité.

À l'instar de Montréal, on eût dit une véritable ville sous la ville, avec ses avenues, ses places, ses fontaines. L'endroit proposait tous les services et tous les commerces nécessaires à la vie des citadins. La lumière artificielle donnait l'illusion du grand jour, de vivre en plein soleil sous un ciel bleu azur, et la climatisation y rendait l'atmosphère beaucoup plus saine qu'à l'extérieur, où la pollution, toujours trop présente, laissait stagner en permanence un voile opaque et irrespirable. Des espaces verts et des aires de jeux pour les enfants agrémentaient ce monde de termites. On s'y déplaçait à pied ou en empruntant des navettes électriques et silencieuses qui roulaient sur des voies réservées.

— Ne traîne donc pas devant chaque vitrine, Alice ! s'énerva Lise. Tu vas nous retarder. Papa finira par s'inquiéter de notre absence. Je ne lui ai pas dit que nous allions en ville. Demain c'est son anniversaire et je veux lui faire une surprise...

— Un cadeau ? Oh, chouette ! J'aime les cadeaux.

— C'est vous qui le lui offrirez, ton frère et toi.

— Qu'est-ce qu'on va choisir ?

— Il y a longtemps qu'il me parle d'un nouveau logiciel pour son ordinateur.

— Lequel ?

— C'est un dictaphone sophistiqué. Quand tu parles dans le micro, le texte s'affiche immédiatement sur l'écran. Cela permet de gagner beaucoup de temps.

— Alors pourquoi apprend-on à écrire à l'école ?

— Pour savoir lire !

Alice tira sa maman par la main pour l'amener vers une vitrine de jeux électroniques.

— Dépêche-toi, Alice ! Il nous faut encore aller à l'autre bout de la ville.

À cet instant, une navette arriva à leur niveau.

— Montons ! Ça ira plus vite.

La navette, bondée, filait dans les rues de la cité souterraine. Alice, émerveillée, écarquillait les yeux sur les devantures illuminées qui défilaient à vive allure.

Sans prévenir, le véhicule électrique s'arrêta brutalement. Les passagers furent propulsés vers l'avant. Un signal d'alarme strident interrompit la musique d'ambiance. Lise prit Alice dans ses bras et se pencha vers l'extérieur. De sa place, elle ne vit rien de spécial. Des agents de la sécurité encadrèrent aussitôt les voitures, l'arme au poing. Les rideaux de fer s'abaissèrent automatiquement devant les enseignes des magasins. Des haut-parleurs, une voix qui se voulait rassurante demanda aux passants de ne pas bouger, ainsi qu'aux usagers de la navette de ne pas descendre des rames. La milice bourgeoise arriva sans tarder, équipée de casques et de boucliers pare-balles.

— Qu'est-ce qui se passe, maman ? J'ai peur ! dit Alice.

Lise jeta un regard anxieux à l'extérieur puis se retourna vite vers sa fille et lui parla pour détourner son attention :

— Ce n'est rien, ma chérie. Ce n'est rien.

À l'avant du convoi, un groupe d'une vingtaine d'individus faisait barrage. Les forces de l'ordre, face à eux, n'attendaient qu'un signal de leur chef pour intervenir.

La voiture de tête était arrêtée au niveau du siège d'une société de produits chimiques. Plusieurs hommes cagoulés avaient pénétré à l'intérieur par une entrée de service et ouvraient les portes principales aux autres manifestants, dont certains brandissaient des pancartes aux slogans anticapitalistes et écologistes.

Tout se passa très vite. Les bureaux furent mis à sac, les vitrines brisées, sous les regards médusés des passants figés sur place. Les agents de sécurité ne bronchaient pas, voulant éviter l'affrontement.

La scène ne dura que quelques minutes. Une fois leur acte de vandalisme perpétré, les extrémistes refluèrent et s'évanouirent, aussi vite qu'ils avaient surgi.

Dans la foule, personne n'avait bougé. On ne déplorait aucune victime. Les témoins en étaient quittes pour une bonne frayeur. En quelques secondes, tout redevint normal. Les rideaux de fer se levèrent, la musique d'ambiance reprit comme si de rien n'était, les fontaines jaillirent de nouveau, la navette électrique démarra. Les forces de l'ordre se volatilisèrent.

De tels incidents étaient fréquents dans le centre-ville. Les délinquants, de plus en plus téméraires, se jouaient des barrages de contrôle. Habillés correctement, soucieux de ne pas se faire remarquer, ils perpétraient leurs délits dans les quartiers bourgeois, antres de toutes les richesses, de toutes les convoitises. Quand il ne s'agissait que d'objets volés, police et milice privée fermaient souvent les yeux afin de ne pas avoir à s'aventurer dans les secteurs à haut risque où demeuraient les voleurs. Les autorités se contentaient pour la forme d'exiger des milices des banlieues concernées d'entreprendre une enquête. Mais, pour les manifestations de grande ampleur, la répression était plus drastique. Les zones périphériques étaient alors systématiquement quadrillées, passées au peigne fin à grand renfort d'unités spéciales dépêchées par la préfecture de région.

Après avoir effectué ses achats, Lise se dirigea en toute hâte vers une sortie. Puis, tenant fermement Alice par la main, elle entra dans un des ascenseurs en direction du parking situé cinq étages au-dessus.

Elle ne put s'empêcher de repenser à la scène dont elle venait d'être le témoin et éprouva beaucoup de difficultés à cacher son inquiétude.

Pourvu que ces malfrats ne se trouvent pas dans le parking ! songea-t-elle. Je déteste ces endroits !

Alice, inconsciente du danger et ravie du cadeau qu'elle offrirait à son père, pensait déjà à la fête du lendemain. Pour elle, tous les anniversaires étaient un peu le sien, et le simple fait d'aider à déballer des paquets pour les autres membres de la famille la rendait aussi heureuse que s'ils lui étaient destinés.

Le 4 × 4 était garé au bout de la dernière rangée. Dans moins d'une minute, elles seraient de nouveau à l'air libre.

Nerveuse, Lise chercha ses clés au fond de son sac à main, ouvrit à distance les portières au hasard, car elle n'avait pas encore repéré son véhicule. Arrivée à sa hauteur, elle ordonna à sa fille de s'installer à sa place, à l'arrière, enfourna ses paquets dans le coffre et démarra sans perdre une seconde. Elle engagea la voiture dans l'étroit couloir en colimaçon qui débouchait sur l'extérieur. Les pneus crissèrent sur le sol peint en rouge.

À l'intersection du niveau zéro, une fourgonnette surgie de nulle part lui coupa soudain la route.

Surprise, Lise n'eut que le temps d'écraser la pédale de frein. Le 4 × 4 se cabra. Le moteur cala. Les sacs dans le coffre se renversèrent. Alice fut projetée vers l'avant, heureusement retenue par sa ceinture de sécurité. Lise demeura un instant sans réaction, crispée sur son volant. Puis elle se tourna vers sa fille.

— Rien de cassé, Alice ?

— Tout va bien, mam'. Mais qu'est-ce qui t'a pris de freiner si fort ?

— J'ai cru que la camionnette allait nous rentrer dedans ! Elle ne s'est même pas arrêtée !

— Heureusement que tu as de bons réflexes !

Lise avait tout juste aperçu deux silhouettes à l'avant du véhicule, deux hommes cagoulés. Elle n'avait remarqué ni la marque de la fourgonnette ni sa couleur.

À l'extérieur, la circulation était dense. C'était la fin de la journée. Les gens commençaient à sortir de leurs lieux de travail.

Le ciel s'était obscurci. Quelques gouttes tombaient déjà, obligeant Lise à utiliser les essuie-glaces intermittents. Une odeur de pluie âcre, réchauffée par l'asphalte, envahissait les rues de la ville.

— Cette petite ondée est la bienvenue. Elle va rafraîchir l'atmosphère.

— J'aime bien, quand il pleut, ajouta Alice. Ça sent bon. Surtout à la maison, quand papa vient de couper de l'herbe. Mais pourquoi il ne pleut jamais longtemps ?

— Notre climat se détraque depuis plus d'un siècle. Les pluies sont devenues très rares. Pour trouver des régions encore pluvieuses, il faut aller en Scandinavie. Mais ne nous plaignons pas, car aujourd'hui l'Afrique du Nord est entièrement aride. C'est un vrai désastre !

— J'aimerais bien qu'un jour il « déluge ».

— Dans la situation actuelle, ce serait une catastrophe.

— Pourquoi, puisque nous manquons d'eau ?

— La terre est très sèche. Elle ne pourrait pas absorber une grande quantité de pluie d'un seul coup. Et les barrages doivent être en mauvais état, depuis le temps que les rivières sont à sec ! Non, vois-tu, il ne faut pas souhaiter de telles sautes d'humeur du temps.

— Crois-tu que papa sera content de son cadeau ?
— Certaine. Ton père adore tout ce qui est moderne.
— Alors pourquoi vous avez acheté une vieille maison ? Moi, quand je serai grande, j'habiterai au dernier étage d'un gratte-ciel. Comme ça, si c'est le déluge, je risquerai rien.

Lise conduisait machinalement dans les rues de la ville. La chaussée mouillée luisait comme un miroir, toute pigmentée de taches d'huile. Les passants se préservaient des éclaboussures malencontreuses en rasant les devantures au plus près. Les parapluies étaient rares, car personne n'avait prévu ce soudain caprice du ciel.

— Allume la télé, Alice. C'est l'heure des infos.

De sa place, Alice appuya sur la télécommande du petit écran situé entre les deux sièges.

— C'est le bulletin météo.
— Ça tombe bien !

Lise prêta l'oreille, tout en gardant l'œil rivé sur la route.

« L'Europe connaît une situation stable. La présence de l'anticyclone des Açores assure toujours un grand beau temps jusqu'au nord de l'Écosse. Notons une légère baisse de la pression atmosphérique sur les pourtours de la Méditerranée, ce qui entraînera quelques entrées maritimes sans conséquence. Les températures oscilleront entre... »

— C'est bon, tu peux arrêter. Décidément, les bulletins météo se suivent et se ressemblent. Mais c'est plus fort que moi, j'aime les écouter.

— Ça sert à rien, il fait toujours le même temps !

Le caoutchouc des essuie-glaces crissait sur le pare-brise.

— Il ne pleut déjà plus, remarqua Lise.

— Tant pis pour le déluge ! Tu y crois, toi, à l'histoire du Déluge et de Noé ?

— Où as-tu lu cette histoire ?

— Je l'ai vue dans un dessin animé sur l'ordi de papa.

— Tu utilises l'ordinateur de ton père !?

— Pourquoi ? C'est défendu ?

— J'espère qu'il te donne la permission.

— Tu ne m'as pas répondu.

— Le Déluge ? Noé ? Si j'y crois ? Je ne me suis jamais posé la question.

— Tu crois que c'est possible d'embarquer tous les animaux du monde sur un bateau ?

— Bien sûr que non !

— Alors pourquoi on raconte de telles histoires ?

— C'est une sorte de légende. Dans l'Antiquité, on aimait raconter des récits fabuleux. On appelle ça la mythologie.

— La quoi ?

— La mythologie. L'ensemble des légendes de notre civilisation, l'histoire des dieux.

— Alors tous ces récits c'est juste des légendes ?

— Oui. Mais certaines reposent parfois sur des faits réels. Ton Déluge, par exemple. Des archéologues ont retrouvé en Mésopotamie des traces de gigantesques inondations qui auraient eu lieu il y a très longtemps.

— Noé a existé, alors ?

36

— Tu vas un peu vite, ma chérie ! Cette catastrophe a dû tellement marquer l'esprit des contemporains qu'elle s'est ensuite inscrite dans des légendes.
— C'est compliqué !
Alice était une petite fille très curieuse et très instruite pour son âge. Elle s'intéressait à tout et lisait beaucoup, des livres d'enfants mais aussi ceux de son frère, qu'elle lui dérobait malicieusement. Les explications de sa mère l'ayant satisfaite, elle se tut et se concentra sur ce qui se passait sous ses yeux, par la vitre de sa portière.

La circulation était plus fluide. Lise s'engagea dans les faubourgs de la ville. Elle n'aimait pas traîner dans ces quartiers malfamés. Instinctivement, elle vérifia le verrouillage des portières et activa l'opacificateur des vitres. Elle pouvait voir sans être vue. Elle évita les croisements réglementés par des feux tricolores, afin de ne pas s'arrêter, préférant faire un détour plutôt que de risquer une agression. Puis elle bascula en mode pilotage automatique pour mieux surveiller ce qui se passait à l'extérieur.
Alice, percevant l'anxiété de sa mère, se concentra de plus belle. Comme elle, elle se tenait maintenant sur ses gardes et scrutait la route, l'œil aux aguets. Tant qu'elles roulaient, elles se sentaient hors de danger, d'autant que la voiture possédait, comme toutes les voitures modernes, une carrosserie blindée et des vitres à l'épreuve des balles. L'air conditionné permettait de voyager toutes fenêtres fermées, et la liaison

par téléphone satellitaire avec le domicile ou le poste de police le plus proche rendait les déplacements plus sûrs.

Néanmoins, Lise ne parvenait pas à cacher son appréhension. Elle augmenta la vitesse du véhicule oralement, sans tenir compte de la limitation imposée. Alice demeurait bien calée au fond de son siège, protégée par sa ceinture de sécurité et les multiples airbags dont était muni le 4 × 4. Pour se distraire et échapper à son appréhension, elle regarda un dessin animé sur l'écran vidéo intérieur, un casque d'écoute rivé sur les oreilles.

Le reste du trajet ne présentait aucun danger. Lise connaissait parfaitement la route. Mais l'incident du centre commercial, quelques heures plus tôt, l'avait mise en émoi, et elle ne se sentait pas tranquille. De plus, cette fine pluie qui avait rendu la chaussée glissante l'obligeait à davantage de prudence. Or, elle avait hâte de rentrer à Saint-Jean-de-l'Orme, car elle se doutait que Simon s'inquiétait de son absence.

4

Premier jour
Lundi 6 septembre 2060, 19 heures
Saint-Jean-de-l'Orme, Cévennes

En attendant de voir revenir Lise et Alice, Simon s'était retiré dans son bureau.

Si ce n'était le matériel informatique, l'endroit ressemblait davantage à un salon, à un refuge douillet. Nichée sous les toits, la pièce était mansardée. Les velux accrochaient le ciel et dispensaient à l'intérieur une lumière naturelle qui inondait l'espace.

Simon s'enfonça dans le canapé au milieu de coussins moelleux et brancha la télévision. Sans réfléchir, il chercha une chaîne qui diffusait les informations en continu. Grâce au canal satellite, il pouvait naviguer sur tous les réseaux du monde avec traduction simultanée. De sa télécommande, il zappa d'une chaîne à l'autre. L'écran 3D affichait toujours les mêmes images en relief : beaucoup de violence, beaucoup de malheurs, peu de bonnes nouvelles.

Les actualités assombrissaient sans cesse le quotidien. La guerre entre Israël et les pays arabes, conflit ancestral, ne cessait de se rallumer et de s'éteindre. Le Moyen-Orient, repassé sous le contrôle des puissances occidentales depuis que les gouvernements issus des multiples déchirements internes du début du siècle y avaient semé le chaos, était devenu un vrai baril de poudre, prêt à enflammer des réserves pétrolières qui s'épuisaient dangereusement. La reprise en main de l'ex-Empire soviétique par les communistes revenus au pouvoir ne se déroulait pas dans la douceur, et la guerre froide attisait à nouveau les tensions entre l'Est et l'Ouest. L'explosion démographique du tiers-monde, enfin, provoquait des flots continus de population d'Asie et d'Afrique vers l'Europe. Les frontières étaient impuissantes à contenir ces marées humaines mues par la misère et poussées loin de chez elles par des dictatures corrompues qui se maintenaient grâce à la manne des vieilles démocraties – jeu machiavélique hérité de l'âge postcolonial. À l'intérieur même du pays, les mêmes problèmes occupaient plus que jamais la une des journaux : banlieues, chômage, violence. Rien de très exaltant !

Simon se mit soudain à imaginer un monde où la paix régnerait, où tous les hommes obtiendraient un emploi, où les enfants n'auraient aucun souci à se faire pour leur avenir. Le XXe siècle avait pourtant porté en lui de grandes espérances. Le Front populaire, les Trente Glorieuses, Mai 68 avaient montré qu'après les crises le système capitaliste rebondissait toujours et générait de nouveaux progrès. Pour l'avoir étudié, Simon en connaissait bien les mécanismes. Aussi ne comprenait-il pas pourquoi, depuis près de cent ans, depuis 1973 exactement et le premier choc pétrolier, le marasme perdurait, enfonçant chaque jour davantage les pays pauvres dans la misère et les déshérités des pays riches dans un quart-monde marginalisé de plus en plus explosif.

L'humanité vit une phase de déclin prolongé qui n'est pas près de se terminer, songea-t-il, en éteignant l'écran mural qui ne lui présentait que les pâles reflets permanents des malheurs du monde. Tout est vraiment détraqué. C'est comme le temps. Ce réchauffement me semble très inquiétant. Tout est lié !

Simon pensa soudain qu'il tenait là un sujet d'article intéressant pour sa chronique : *Climat et destin du monde*.

D'un coup, il bondit de son fauteuil et s'exclama à voix haute, comme pour mieux s'en persuader :

— Il faut que je démontre le lien entre la dégradation du climat et le déclin de notre civilisation ! Il doit y avoir une corrélation !

Puis il se tourna vers la bibliothèque qui couvrait tout un pan de mur et monta sur l'escabeau afin d'atteindre la rangée du haut.

— Voyons... Montesquieu... Il a bien écrit quelque chose sur le climat et les types de régimes politiques... Je vais consulter *L'Esprit des lois*. Cela me donnera un bon point de départ...

— Tu parles tout seul, papa ?

Simon n'avait pas entendu entrer Jonathan.

— Ça m'arrive parfois. Je mets seulement des mots sur mes pensées.

— Ce sont les vieux qui parlent tout seuls !

— Alors, c'est que je suis vieux !

— Qu'est-ce que tu cherches, là-haut ?

— Un livre précieux que grand-père nous a légué avec le reste de sa bibliothèque...

Simon s'étira, se hissa sur la pointe des pieds, tendit les doigts vers l'objet convoité. L'escabeau vacilla, hésita, tangua d'un côté puis de l'autre.

— Ça y est, je l'ai !

— Attention, papa, tu vas...

Jonathan n'eut pas le temps d'achever sa phrase. Son père s'affala sur le plancher en poussant un cri de douleur, prolongé d'un juron qui surprit Jonathan.

— Tu t'es fait mal, *dad* ?

— Pas trop, ça ira. Mais je crois bien que je me suis foulé la cheville. Je n'arrive plus à poser le pied par terre... Dis, tu sais bien que je n'aime pas que tu m'appelles « *dad* » !

— Excuse-moi, pa !

Sautillant sur un pied, le livre à la main, Simon se laissa tomber sur le canapé.

— Bon sang ! Je n'avais pas besoin de ça, ronchonna-t-il. Et Lise qui ne revient pas !

La douleur lui fit prendre conscience soudain que Lise et Alice étaient parties depuis longtemps. D'ordinaire, il aurait immédiatement appelé sa femme pour qu'elle le soigne. En son absence, les petites contrariétés du quotidien prenaient vite une importance démesurée. Le couple, très fusionnel, ne se séparait plus depuis qu'il avait décidé de vivre en quasi-autarcie, loin des dures exigences de la société nouvelle. Leur choix de vie les avait rapprochés, mais cela s'était traduit par une dépendance de l'un vis-à-vis de l'autre qui serait passée pour une faiblesse si elle n'avait pas été librement consentie.

— Descendons au salon, proposa Simon à Jonathan. Nous y serons mieux pour attendre maman. Elle ne devrait plus tarder.

L'escalier, raide et étroit, dissimulé derrière une cloison, aboutissait à une porte qui ouvrait sur un côté du salon. Il remplaçait une ancienne échelle qui, à l'origine du mas, servait à atteindre la magnanerie. Simon avait refusé de construire à la place un escalier à paliers, qui aurait mangé trop d'espace au détriment de la pièce principale. À l'époque, il n'avait pas songé à l'accident ni à la vieillesse, qui, un jour ou l'autre, l'empêcherait d'accéder à l'étage. « On verra plus tard », avait-il prétexté quand il avait commencé les travaux de rénovation.

Devant l'obstacle, il maugréa :

— Bon sang ! Je ne vais pas y arriver. Si seulement ta mère était là ! C'est elle qui avait raison : j'aurais dû l'écouter. Cet escalier n'est vraiment pas commode. Il faudra songer à le transformer.

Péniblement, il souleva le poids de son corps à la force de ses poignets en s'appuyant aux deux rampes.

— Il ne manquerait plus que je dégringole ! grommela-t-il.

— Tu veux de l'aide, pa ? proposa Jonathan.

L'enfant était inquiet, mais il feignit de prendre l'événement à la légère :

— Si maman te voyait, elle se moquerait de toi !

— Pourquoi donc ?

— Elle te dirait que c'est de ta faute, qu'il fallait l'écouter. Maintenant que tu es comme un handicapé…

— Handicapé ! Tu vas un peu vite. Ce n'est pas une cheville foulée qui m'empêchera de descendre cet escalier. Tiens, approche-toi au lieu de me faire la leçon. Aide-moi.

5

Premier jour
Lundi 6 septembre 2060, 19 h 07
Saint-Jean-de-l'Orme, Cévennes

Lise et Alice arrivaient à proximité du village. Encore quelques kilomètres et elles retrouveraient leur havre de paix.

La route serpentait devant elles jusqu'au mas. Elle empruntait le fond d'un vallon jadis très verdoyant mais qui, à présent, était à moitié désertique. Un cours d'eau s'écoulait par intermittence entre des rochers que la mousse avait recouverts, et se perdait souvent dans les anfractuosités de son lit pour réapparaître quelques centaines de mètres plus en aval.

Après le hameau de Courtmaison, Lise, qui avait repris le pilotage manuel de son véhicule, s'engagea sur un chemin de terre battue, dernière étape avant d'atteindre le mas. Celui-ci se situait au bout d'une voie sans issue, dans un petit bassin élargi, ancien lit abandonné par la rivière. Le paysage s'y déployait généreusement, l'horizon s'ouvrait au regard sans présenter le moindre obstacle, la forêt laissait place à de grands espaces herbeux, ce qu'affectionnait Simon, qui ne se sentait pas en harmonie avec la nature quand celle-ci était obstruée par une sombre barrière végétale. Dès son arrivée au mas de ses aïeux, il n'avait eu de cesse de débroussailler et d'éliminer un maximum des chênes verts qui avaient remplacé les cultures depuis des décennies. Il aimait voir de ses fenêtres les murs de pierre sèche s'étendre à l'infini comme des murailles ancestrales, témoignage d'un temps lointain où les hommes vivaient en harmonie avec leur environnement.

Jadis, à l'époque de son arrière-grand-père, l'endroit ressemblait encore à une véritable oasis. Sous le soleil, le mas resplendissait dans son écrin de verdure. L'eau cascadait d'une terrasse à l'autre après les pluies d'automne et le ruisseau prenait des allures de torrent alpestre, fougueux et rieur. Mais à présent, l'herbe, jaunie par l'excès d'aridité, donnait à la petite vallée l'aspect d'une steppe décharnée.

Le moteur vrombit, rompant le silence reposant du lieu. Derrière lui, le puissant véhicule soulevait un voile de poussière. Lise avait hâte de rentrer.

La tempête menaçait. Les nuages s'étaient accumulés et s'accrochaient au sommet des collines. Un grondement fracassant se répercuta par ricochet sur les reliefs environnants. Des éclairs zébrèrent le ciel, qui se déchira en une large blessure.

Lise, le regard inquiet, scruta l'horizon.

— Encore un orage sec ! releva-t-elle. Il ne tombera même pas une bonne averse !

— On dirait que cette fois-ci il va pleuvoir pour de bon ! rétorqua Alice.

— Penses-tu ! Ce n'est qu'un petit orage. À peine de quoi mouiller l'herbe et faire sortir les escargots.

Tout à coup la voiture tressauta. Le moteur toussa, s'étouffa, s'époumona. Lise tenta de relancer la machine. En vain. Celle-ci refusa d'obéir. La jauge à hydrogène indiquait pourtant que le réservoir était plein.

— Que se passe-t-il, mam' ?

— Je n'en sais fichtre rien ! Probablement un problème électrique. Tout s'est arrêté d'un coup.

Quelques mètres plus loin, le 4 × 4 s'arrêta définitivement.

— On est en panne ? s'inquiéta Alice.

— J'en ai peur... Nos sacs vont nous encombrer pour rentrer à pied jusqu'au mas...

— Allons chercher papa ! Nous sommes presque arrivées. Il nous raccompagnera avec Jonathan.

— Tu as raison. Emportons seulement son cadeau d'anniversaire et laissons le reste dans la voiture. Nous ne sommes qu'à une demi-heure à pied de la maison. Nous reviendrons ce soir, ça nous fera une promenade.

Lise et Alice abandonnèrent le véhicule et se mirent en marche.

Quelques gouttes de pluie commençaient à tomber.

Depuis plusieurs jours, le ciel s'obscurcissait bizarrement sur toute la France. Les scientifiques des stations météo ne quittaient plus leurs ordinateurs des yeux et restaient en permanence connectés aux satellites du monde entier. Ces derniers émettaient des données hallucinantes. La pression barométrique s'effondrait de jour en jour, les vents soufflaient plus fort que jamais, poussant devant eux d'époustouflantes barrières de nuages.

Aux États-Unis, l'accumulation nuageuse, venant de l'océan Atlantique, glissait au-dessus du littoral, plongeant les cités balnéaires de la côte est américaine dans une étrange pénombre, et s'engouffrait dans l'intérieur du continent pour s'amasser sur les premiers contreforts montagneux. La côte ouest, de Seattle à San Diego, offrait un spectacle identique : une circulation ininterrompue de cumulus et de cumulonimbus couvrait le ciel et la terre d'une ombre menaçante.

Ces perturbations atmosphériques, même exceptionnelles, n'avaient rien d'anormal. Depuis des décennies, *on assistait à un réchauffement climatique durable qui avait provoqué des épisodes pluvieux courts mais dévastateurs. Le sud de la France avait été touché plusieurs fois au cours des douze dernières années du XXe siècle ainsi qu'au début du XXIe : Nîmes en octobre 1988, Vaison-la-Romaine en septembre 1992. Les deux villes avaient été dévastées par de véritables fleuves descendus des collines voisines. En novembre 1999, puis au printemps 2011, le même phénomène s'était reproduit dans l'Aude. Enfin, en 2019, dans le Var et dans les Alpes-Maritimes, des torrents de boue avaient fait de nombreuses victimes.*

6

Premier jour
Lundi 6 septembre 2060, 19 h 35
Saint-Jean-de-l'Orme, Cévennes

Lise et Alice approchaient de leur propriété quand l'averse se mit à redoubler de violence.

— Abritons-nous sous cet arbre ! proposa Lise. Cela ne durera pas. Ce n'est qu'une ondée passagère.

— Papa dit qu'en cas d'orage il ne faut pas rester sous les arbres.

— Il a raison. Mais il ne nous arrivera rien. L'orage est loin. Nous serons chez nous avant qu'il nous éclate sur la tête.

La pluie engendrait des effluves inhabituels, libérant d'un coup toutes les essences odorantes de la nature. Un sirop de miel nappait les collines, qui s'embaumaient de parfums de lavande, de romarin, de citronnelle et de thym. Alice respirait à pleins poumons.

Au bout d'un instant, voyant que l'averse ne cessait pas, Lise décida de poursuivre son chemin.

— Nous serons trempées, mais tant pis, je préfère rentrer plutôt que de rester coincée ici.

— J'aime marcher sous la pluie. Allons-y ! enchaîna Alice.

La visibilité était de plus en plus réduite ; un rideau opaque tombait maintenant devant elles.

— Ne nous écartons pas du chemin ; donne-moi la main.

En son for intérieur, Lise était anxieuse. Il y avait bien longtemps qu'elle n'avait pas éprouvé une telle appréhension devant une menace naturelle.

— Cela ne durera pas, heureusement ! déclara-t-elle, comme pour mieux se rassurer. Dès que nous serons à la maison, nous nous sécherons et nous boirons un bon thé vert pour nous ravigoter.

— La nature doit être contente ! Elle avait besoin d'eau, releva Alice joyeusement.

— Je crains fort que l'eau ne fasse que ruisseler sur ce sol bien trop sec et ne ravine tout sur son passage. La végétation n'aura pas le temps d'en profiter.

Il leur restait à peine six cents mètres à parcourir, dont la traversée du lit d'un petit cours d'eau ordinairement à sec.

— J'espère que l'Alzon n'aura pas trop monté ! Si seulement nous avions le 4 × 4, nous passerions sans problème. À pied, nous risquons d'être bloquées.

Alice ne disait mot. Elle prenait subitement conscience du danger.

— Papa viendra nous chercher, affirma-t-elle.

Elle ne songeait pas que son père serait coincé de son côté si un torrent impétueux les séparait.

Elles atteignirent bientôt le talweg qui délimitait la propriété. Le mas était en vue. Lise s'arrêta net.

— C'était à prévoir, lança-t-elle, découragée. Le ruisseau déferle déjà. Il est trop tard. Nous ne pourrons pas le franchir.

Des flots boueux dévalaient de l'amont en tourbillonnant, tel un oued au galop. Les berges de l'Alzon étaient noyées sous un mètre d'eau ; sur les talus, les arbres avaient leurs pieds immergés.

— Il a dû beaucoup pleuvoir sur les hauts reliefs pour qu'il y ait déjà tant d'eau, releva Lise.

— Nous ne traverserons jamais ! se désespéra Alice.

Lise réfléchit quelques secondes. Reprit ses esprits. Surtout ne pas paniquer pour ne pas affoler Alice, pensa-t-elle.

— Nous allons remonter par la droite. Il y a un petit pont à deux kilomètres. Mieux vaut faire un détour que d'attendre ici.

— Papa viendra nous chercher s'il ne nous voit pas revenir, insista Alice.

— Il ne pourra rien faire de plus ! Même avec le 4 × 4, on risquerait d'être emportés.

Lise saisit Alice par la main et la tira énergiquement derrière elle.

Au bout d'une demi-heure de marche sous une pluie battante, elles arrivèrent en vue du pont. Celui-ci avait été bâti il y avait très longtemps à l'aide de deux grosses buses recouvertes d'une dalle de béton. À présent, il s'agissait d'un simple pont noyé !

Lise n'avait pas pensé à ce détail.

— L'eau passe par-dessus ! soupira-t-elle, dépitée. J'aurais dû m'en douter !

— Que peut-on faire, maman ? On est bloquées.

Découragée, Lise tarda à répondre. Elle se secoua.

— Je ne vois qu'une chose à faire : retourner à la voiture pour nous mettre à l'abri. J'appelle papa sur son portable pour le prévenir.

Alice reprit espoir mais déchanta rapidement.

— Il n'y a pas de réseau ! maugréa Lise. Les antennes doivent être endommagées... Nous allons couper par les bois, nous serons plus vite rendues.

Au mas, Simon sentait l'inquiétude le gagner, la nuit était tombée depuis déjà une demi-heure.

— J'espère qu'il ne leur est rien arrivé !

— Appelle-les sur le portable ! suggéra Jonathan.

Simon se rangea à l'idée de son fils.

— Ça ne marche pas. Il n'y a pas de réseau à cause de l'orage. La liaison ne s'établit pas.

— Contacte-les par radio.

L'esprit de Simon semblait aussi perturbé que l'atmosphère. Il connecta son poste satellitaire et appela le 4 × 4.

— Rien ! L'émetteur a dû sauter. Aucune liaison n'est possible. Nous n'avons plus qu'à attendre patiemment. Elles ne devraient pas tarder... J'ai bien choisi mon jour pour me fouler la cheville... ajouta-t-il. Si le torrent est sorti de son lit, elles seront bloquées...

Jonathan tentait de rassurer son père que la douleur rendait nerveux.

— Le 4 × 4 passe partout, ce n'est pas le ruisseau qui l'arrêtera.

— Tu as raison. Mais si dans une demi-heure elles ne sont pas rentrées, nous irons à leur rencontre.

De leur côté, Lise et Alice, trempées jusqu'aux os, avaient rebroussé chemin à travers bois et se rapprochaient du véhicule.

— Il ne doit plus être loin, assura Lise. Nous marchons depuis une bonne demi-heure.

— Maman, tu es sûre que nous ne sommes pas perdues ?

Alice montrait des signes de fatigue. Ses yeux trahissaient une angoisse qu'elle ne parvenait plus à dissimuler.

Sans s'en rendre compte, elles s'étaient écartées de leur trajectoire et se retrouvaient loin derrière le 4 × 4. La nuit était tombée, noyant tout repère.

— J'ai l'impression que nous tournons en rond…

— J'ai peur, maman.

Alice ne retenait plus ses larmes. Lise s'arrêta de marcher, serra sa fille dans ses bras, tenta de la consoler. Elles se remirent en marche.

Au bout de quelques minutes interminables, elles atteignirent la route.

— De quel côté se trouve la voiture ? réfléchit Lise à haute voix. Je crois que nous sommes allées trop loin.

Après une longue hésitation, elle décida de reprendre le chemin par la droite. Dix minutes plus tard, le 4 × 4 était en vue.

— Enfin, nous sommes sauvées ! soupira-t-elle. Entrons vite nous mettre à l'abri !

7

Premier jour
Lundi 6 septembre 2060, 20 heures
Saint-Jean-de-l'Orme, Cévennes

Simon s'éloignait du mas.

Il avait attelé Betty, la vieille mule, au chariot qui lui servait de temps en temps à rentrer le foin. La pauvre bête peinait sous la charge. Il y avait bien longtemps qu'un tel labeur ne lui avait pas été infligé.

La pluie, toujours aussi violente, n'avait pas cessé de tomber et détrempait déjà toutes les terres. Le chemin s'était transformé en un véritable cloaque. Simon l'éclairait au moyen d'un gros phare halogène branché sur une batterie afin de guider les pas de Betty.

Le torrent, furieux, arrachait tout sur son passage. Des branches mortes dévalaient sur les flots impétueux, se mettaient en travers, se coinçaient entre les rochers, constituant des barrages inextricables qui favorisaient la montée du niveau de l'eau.

Tout à coup, Betty se cabra et s'arrêta net, refusant d'aller plus loin. De mémoire de mule, on n'avait pas souvenir d'avoir vu autant d'eau !

— Reste là, ordonna Simon à Jonathan, je vais voir ce qui se passe.

Maladroitement il se glissa en bas du chariot, attrapa les béquilles qu'il avait dénichées dans le grenier et, claudiquant comme un infirme, s'approcha du gué. Jonathan éclaira devant lui à l'aide du projecteur. La scène était surréaliste. Dans la lumière blafarde de l'halogène, le décor semblait tout droit sorti d'un théâtre d'ombres. Les branches des arbres, ployées sous les rafales du vent, imploraient les cieux. Les eaux en furie émettaient un bruit d'enfer, couvrant la voix de Simon qui, désespérément, s'acharnait à appeler Lise et Alice de toutes ses forces.

— Lise, Alice ! Ohé ! Vous êtes là ? Répondez !

Mais, dans le tumulte qui l'entourait, il n'entendit personne lui répondre. Alors, se rendant à la raison, il décida de rentrer.

— Si l'on passait par le petit pont ? proposa Jonathan.

— Il doit être aussi complètement noyé. Il n'y a plus qu'à attendre que le niveau de l'eau redescende. Ça ne va pas durer. Dès que la pluie aura cessé, on pourra traverser.

Pendant ce temps, Lise et Alice avaient trouvé refuge dans le 4 × 4. À moitié rassurées, elles patientaient, n'osant évoquer tout haut leur crainte de devoir rester coincées longtemps dans leur prison de métal.

— Essaie de dormir un peu, Alice. De toute façon, nous sommes bloquées ici jusqu'à demain matin. Nous aviserons quand il fera jour.

8

Deuxième jour
Mardi 7 septembre 2060, 7 heures
Saint-Jean-de-l'Orme, Cévennes

Aux premières lueurs de l'aube, l'averse commença à faiblir, mais la chape nuageuse recouvrait toujours les cimes, les enveloppant d'une étrange lumière lactescente.

Décidée à profiter de l'accalmie, Lise, qui n'avait pas fermé l'œil de la nuit, réveilla Alice avec précaution. Celle-ci avait fini par s'endormir, rassurée par la présence de sa maman.

— Nous allons descendre au village pour demander de l'aide, lui dit-elle. La pluie semble se calmer.

Alice, tout ensommeillée, fit la moue.

— Descendre au village ! Mais nous en avons pour une heure !

— C'est la seule solution, ma chérie. Papa n'a pas pu venir nous secourir. Nous le contacterons de la boulangerie ou du bureau de poste.

Sept heures sonnaient au clocher de l'église. Le village sortait à peine de sa léthargie. Les rares passants n'avaient qu'un mot à la bouche : la pluie, la pluie. Ils se le répétaient comme un leitmotiv magique. Depuis qu'ils l'attendaient, ils n'étaient pas déçus ! Tous finissaient par remercier le ciel pour la manne qu'il leur allouait soudain. Quant aux chrétiens les plus fervents – la commune comptait encore une petite communauté de catholiques et de protestants fidèles –, ils se précipitaient déjà dans leurs lieux de culte pour rendre grâce à Dieu.

Le ciel donnait enfin aux hommes ce dont ils avaient le plus besoin. Les nappes phréatiques s'engorgeraient de nouveau, les sources jailliraient des anfractuosités de la roche, les bassins abandonnés se rempliraient à satiété, les cascades miroiteraient sous les feux ardents de l'astre solaire, les ruisseaux chanteraient des refrains depuis longtemps oubliés. Après tant d'années de silence, on était prêt à pardonner à ceux-ci quelques dégâts dus à leur fougue revenue, à leur jeunesse retrouvée. Les prairies inondées allaient bientôt reverdir, le limon fertile tapisser les basses terres jadis cultivées de la vallée. La vie allait reprendre.

Dans toutes les chaumières, on en vint vite à penser que tout redeviendrait comme avant, que cette pluie bénie était de bon augure. On se tournait déjà vers les plus anciens pour les questionner sur un passé, pas si lointain, où les affres du temps se révélaient moins cruelles.

À cette heure matinale, seule la boulangerie était animée. Lise et Alice s'y rendirent sans hésiter.

— Qu'est-ce qui vous arrive à toutes les deux, vous êtes tombées du lit ? s'étonna Ghislaine, la boulangère, toujours de bonne humeur.

— Du lit ? Nous n'y sommes pas encore allées !

Lise raconta leur mésaventure. Aussitôt, Ghislaine lui offrit son aide et invita les deux naufragées à se restaurer.

— Je vais téléphoner à Charles, le garagiste, proposa-t-elle. Le téléphone fixe fonctionne. Il te remontera chez toi et dépannera ton 4 × 4. Ne t'inquiète pas. C'est pas cette pluie qui l'arrêtera.

À la même heure, Simon chargeait de gros madriers sur le chariot. Puis il réveilla Jonathan pour l'avertir de ses intentions :

— Je retourne au gué. Si l'eau a baissé, je jetterai des poutres en travers du courant et je tâcherai de traverser avec Betty.

— Ne me laisse pas seul, pa !

— Ici, tu ne crains rien. Garde ton portable à proximité. On ne sait jamais, le réseau pourrait revenir. Moi, j'emporte le mien. Le premier que maman appelle prévient l'autre. Si c'est toi, dis-lui que je suis allé au gué pour tenter de passer. Je compte sur toi pour la tranquilliser.

— Et ta cheville ?

— Je l'ai bien bandée, de façon à l'immobiliser au maximum. Tout ira bien.

La pauvre Betty ne comprenait pas pourquoi on la mettait soudain si durement à l'épreuve. Chargée d'un lourd fardeau, elle repartit à nouveau vers le gué.

La pluie tombait moins dru. Le courant s'était calmé. Le ruisseau avait retrouvé son lit.

Simon examina les lieux puis entreprit d'installer ses poutres les unes à côté des autres, utilisant les pierres émergées comme supports.

Au bout d'une heure, il avait fabriqué une passerelle au ras de l'eau qui, il en avait conscience, ne tiendrait pas longtemps si la pluie reprenait. Aussi devait-il agir rapidement.

Malgré ses douleurs à la cheville, il pelleta terre et gravier charriés par le torrent, afin de buter les deux extrémités du frêle édifice et permettre aux roues du chariot de ne pas se bloquer quand il s'y engagerait.

Lorsque tout fut achevé, menant sa mule par le licol, il s'apprêta à traverser le torrent quelque peu assagi.

Mais Betty rechignait à monter sur la passerelle. L'équilibre de la construction lui paraissait précaire. Son instinct lui faisait pressentir un danger. Simon la tira de toutes ses forces. Tempêta. En vain.

La bête se figea net, refusant d'avancer.

— Je n'aime pas ça, Betty, mais ne m'oblige pas à utiliser le fouet. Il faut passer. À tout prix !

Se ravisant, il s'approcha de l'animal, lui glissa en sourdine quelques mots dans le creux de l'oreille :

— Il faut aller chercher Alice, elle est perdue. Alice... susurra-t-il encore une fois.

Les oreilles de Betty frémirent. Elle poussa un braiment de compréhension et martela le sol de ses sabots.

Simon n'eut aucune peine à la faire avancer sur le ponton. Betty avait compris ce qu'on attendait d'elle. Alice était la plus attentionnée de la maison à son égard. L'animal devait lui porter secours.

Les planches bougeaient sous le poids de la mule qui se trouvait ainsi déséquilibrée. Quand vint le tour du chariot, celui-ci se bloqua dans la butée de terre. Alors, Simon aida Betty de toutes ses forces en poussant les larges roues vers l'avant. Mais celles-ci refusèrent d'avancer. Il fallait encore combler.

Simon saisit la pelle, puis enfouit un rondin de bois dans le remblai. Il recula l'attelage afin de prendre de l'élan. Cette fois Betty obtempéra sans rechigner. Du plat de la main, il frappa la croupe de l'animal. Ce dernier donna un coup de collier. Le chariot finit par monter sur le ponton.

À peine la manœuvre terminée, Simon entendit un puissant grondement derrière lui. Il n'eut que le temps de se ranger de côté. Un gros tronc d'arbre charrié par les flots arrivait droit sur eux.

Tel un bélier, le tronc heurta la construction de bois, qui ripa et se mit en travers. Le courant souleva les premières poutres mal arrimées. Betty perdit l'équilibre. Le chariot se renversa, entraînant l'animal dans sa chute. Le torrent emporta tout sur son passage, ponton, bête et attelage. Quant à Simon, par chance, il fut projeté sur la rive. Agrippé à un rocher, il ne put que regarder, impuissant et à moitié groggy, la pauvre Betty se débattre dans les eaux tumultueuses.

Heureusement, celles-ci n'étaient pas profondes. L'animal peinait, n'arrivait pas à se redresser, le poids du chariot le tirant vers l'arrière. Simon s'en approcha, le rassura et tenta de le dételer. Mais son pied le faisait terriblement souffrir.

Il avait beau avoir détaché le harnais, il ne parvenait pas à libérer Betty. Dans sa chute, le chariot s'était coincé et le flot empêchait Simon de le dégager.

Celui-ci n'avait qu'une crainte : l'apparition d'un autre tronc d'arbre qui viendrait les heurter de plein fouet.

— Ma pauvre Betty, susurra-t-il à l'oreille de l'animal dont le regard le suppliait de se dépêcher, seul je ne peux rien pour toi !

Puis, s'adossant à une roue émergée du chariot, il tenta dans un ultime effort de soulever l'attelage afin de soulager la mule, qui ne cessait de braire.

Sous la poussée, le chariot bougea légèrement.

— Vas-y, Betty, dégage-toi ! Vite !

L'animal sembla comprendre l'ordre de son maître et, malgré sa douleur, se redressa sur ses deux pattes avant.

Simon reprit son souffle puis essaya de sortir Betty hors de l'eau en la tirant par le mors. La pauvre bête, blessée, ne réagit pas. Sa cuisse gauche saignait. Son sang se diluait dans les eaux troubles qui continuaient de monter.

Tout à coup, un bruit de moteur se fit entendre.

Simon tendit l'oreille. Betty, toujours à moitié couchée dans le courant, parut reprendre courage. Dans un dernier élan, elle réussit à se hisser sur ses pattes. Simon l'entraîna sans tarder sur l'autre rive du torrent, au moment où une fourgonnette de dépannage débouchait du chemin.

— Lise, Alice ! jubila-t-il. Comme je suis heureux de vous revoir ! Je me suis fait un sang d'encre depuis hier soir !

— Qu'arrive-t-il à Betty ? s'enquit aussitôt Alice, effrayée d'apercevoir son amie dans un si piteux état.

— Elle est blessée. Elle a été emportée par le courant avec le chariot. J'ai cru qu'elle ne s'en sortirait pas. Dieu merci, vous êtes sauves !

— La voiture est en panne un peu plus loin, expliqua Lise. Charles est venu nous aider.

Lise raconta leur nuit blanche et proposa de retourner rapidement au 4 × 4.

— Et Betty ? se soucia Alice.

— Je reviendrai la chercher avec la remorque, ne t'inquiète pas, la rassura Simon.

— La batterie est à plat, observa Charles. Je vais brancher votre 4 × 4 sur le mien pour le faire démarrer.

— Il faut se dépêcher de rentrer, le ciel est encore très chargé. Je crains qu'il ne pleuve de nouveau violemment...

Le 4 × 4 réparé, Simon emmena Lise et Alice à bon port.

— Que t'es-tu fait au pied, papa ? s'enquit alors Alice.

— Oh, une bêtise. Rien de grave.

Inquiète, Lise demanda à voir la blessure de Simon.

— Ton pied est très enflé !

— Une foulure, sans plus.

— Tu n'aurais pas dû marcher. Tu as fait pire que mieux ! Il faut appeler un médecin.

— Cela attendra. Je vais d'abord rechercher Betty.

— Je t'accompagne, ajouta Lise, qui ne voulait pas laisser Simon repartir seul.

— OK. Si tu y tiens !

La mule n'avait pas bougé.

Le col bas, la cuisse toute sanguinolente, elle semblait résignée.

— La blessure n'est pas belle, déclara Lise. Pourvu qu'elle n'ait rien de cassé !

— Nous allons la hisser sur la remorque. Tu conduiras, je resterai auprès d'elle.

La remorque était munie d'une ridelle qui descendait jusqu'au sol. À l'invite de Simon, l'animal obtempéra et grimpa sans hésiter.

— Roule lentement. Elle est morte de trouille !

À peine le 4 × 4 parvenu aux abords du mas, la pluie se mit à redoubler. Le vent secouait violemment le feuillage des arbres, qui ployaient sous les rafales. Le tonnerre se répercutait sur les contreforts montagneux en de sourds grondements. Des éclairs d'airain déchiraient le ciel, tels des coups de sabre dans un manteau d'ardoise.

— Ça recommence ! releva Simon. Il était temps que nous arrivions...

Alice et Jonathan n'avaient pu attendre plus longtemps. Ils étaient descendus dans le hangar pour accueillir leur fidèle compagne de jeu. Betty, en les revoyant tous les deux, dodelina de la tête, les oreilles dressées, la lippe entrouverte.

Les enfants entourèrent l'animal blessé en l'embrassant, tandis que Simon se laissait tomber sur un ballot de paille pour soulager sa douleur.

— Le docteur examinera Betty après t'avoir soigné, dit Lise. Je vais l'appeler.

— Le téléphone ne marche toujours pas ! soupira Simon.

En fin de soirée, la pluie n'avait pas cessé. Ce n'était pas l'une de ces pluies qui ravagent tout sur leur passage, cinglant les visages, s'arrêtant aussi rapidement qu'elles reprennent vigueur. C'était une pluie drue, forte, régulière.

Le ciel demeurait désespérément plombé d'anthracite. La lumière perçait à peine les nuages et plongeait la région dans une atmosphère de deuil.

Dans la vallée, le village semblait paralysé. Perturbés, les habitants restaient à l'abri chez eux. Et si certains se réjouissaient de cette manne céleste, d'autres, plus anxieux, craignaient déjà un mauvais sortilège.

Aussi les commentaires allaient-ils bon train :

— Cette pluie qui ne s'arrête pas, c'est pas normal !

— Juste retour des choses ! Le ciel s'est trop retenu. Cette fois, il n'en peut plus, il se déverse.

— De ma vie je n'ai vu tomber autant d'eau en vingt-quatre heures !

— Les anciens vous diront qu'au début du siècle il pleuvait parfois trois jours d'affilée, et ça plusieurs fois par an !

La pluie. Ce mot était dans toutes les bouches. Dans les cafés. À la boulangerie. Dans toutes les chaumières. Partout on commentait l'événement avec force détails et beaucoup d'arguments contradictoires. Mais tous s'accordaient à penser que cela ne durerait pas et que le beau temps reviendrait vite.

Tous les continents connaissaient le même phénomène que le sud de l'Europe.

Les scientifiques avaient beau se pencher sur les données météorologiques les plus détaillées et multiplier analyses et prévisions, ils ne pouvaient que constater les extravagances du climat sans parvenir à les expliquer.

Les océans généraient des perturbations sans discontinuer. Les dépressions se creusaient dangereusement sur l'ensemble de la zone tempérée. Les vents poussaient devant eux des barrières ininterrompues de nuages. Les mers s'agitaient, plongeant dans l'inquiétude les habitants des littoraux les plus exposés.

Les grands fleuves charriaient d'énormes quantités d'eaux boueuses qui, en maints endroits, atteignaient déjà les tabliers des ponts. Et si l'on n'enregistrait pour l'heure aucune catastrophe notable, certaines régions commençaient à être sérieusement inondées. Les rivières sujettes au débordement avaient été les premières à retrouver leur lit majeur depuis longtemps déserté. En France, la plaine de la Saône, la basse vallée de la Loire et certains secteurs de la Garonne étaient particulièrement touchés. Ailleurs, les crues locales avaient contraint les habitants de certaines villes à se réfugier aux premiers étages des maisons.

Prenant soin de ne pas alarmer les populations, les autorités avaient anticipé les mesures d'urgence dans le plus grand secret. Les plans de sauvetage et de sauvegarde étaient prêts, les brigades d'intervention maritime et terrestre sur le pied de guerre. Les barrages hydrauliques faisaient l'objet d'une attention particulière. Trop vite remplis, les lacs de réserve avaient en effet atteint leur cote d'alerte ; on procédait déjà à des lâchers d'eau. Quant aux polders industriels et portuaires qui jalonnaient les littoraux, protégés par les digues côtières, ils étaient sous haute surveillance. Les personnels des entreprises de pointe, très nombreuses sur ces nouveaux sites, avaient commencé à étudier leurs plans d'évacuation, et les populations voisines avaient été sommées de demeurer vigilantes.

9

Troisième jour
Mercredi 8 septembre 2060, 9 h 12
Saint-Jean-de-l'Orme, Cévennes

La pluie avait redoublé. Devant la montée des eaux, les Jourdan commençaient à s'organiser. Le ruisseau, toujours furieux, les empêchait de sortir de leur domaine et de rejoindre le village. Aussi se savaient-ils vraiment coupés du monde.

Le téléphone n'ayant pas été rétabli, Simon n'avait pas pu appeler le médecin pour faire soigner son pied. Pour l'occasion, Lise s'était transformée en infirmière émérite, et le repos forcé viendrait à bout de la foulure de son maladroit de mari.

Quant à Betty, sa blessure s'était infectée. La pauvre mule aurait eu besoin d'un vétérinaire. Elle restait couchée dans la paille de son enclos et se nourrissait à peine. Ses oreilles basses, son souffle court et saccadé trahissaient sa souffrance et son découragement.

— Dis, papa, elle ne va pas mourir ? demanda Alice au saut du lit.
— Mais non. Ne t'en fais pas.

Très émotive, la petite fille s'inquiétait de plus en plus de la santé de Betty. Sitôt pris le petit déjeuner, elle descendit la voir, la pansa, lui nettoya la cuisse du sang qui suintait encore de sa plaie. Elle lui parla dans le creux de l'oreille. La mule paraissait heureuse, redressait la tête, retroussait les naseaux. Alice lui posa sur le dos une vieille couverture de laine pour qu'elle ne prenne pas froid, et changea la paille de sa litière. Elle resta auprès d'elle de longs moments à la cajoler. Ses silences étaient aussi réconfortants que ses paroles, car elle avait le don de communiquer avec l'animal par un simple regard, une simple caresse.

L'enfant ne vivait que pour l'animal. L'animal ne survivait que pour l'enfant.

Mais Betty, affaiblie par l'hémorragie et l'infection qui s'était propagée dans son organisme, était lasse. Elle sentait sa fin approcher. Si ce n'était pour Alice, elle se serait abandonnée et la mort l'aurait sans doute déjà emportée. Mais la brave mule savait combien son amie tenait à elle. Aussi résistait-elle avec acharnement au prix de mille douleurs.

— Betty est perdue, affirma Simon, profitant d'une absence de sa fille. Il n'est pas bon de laisser souffrir un animal dans cet état.

— Qu'envisages-tu ? s'inquiéta Lise.

— Il n'y a qu'une solution.

— Tu penses qu'il faut...

Lise ne parvint pas à prononcer le mot fatidique.

— L'abattre, oui. Si le vétérinaire était venu, il l'aurait piquée aussitôt. Je reconnais que je ne m'y suis pas résigné moi-même. J'ai cru que nous la sauverions. Je me suis trompé.

— Tu n'as rien à te reprocher.

— Tu songes aux enfants ? Comment leur expliquer ?

— Nous ne sommes pas obligés de leur avouer la vérité. Nous leur dirons que Betty est morte. Ce sera moins pénible pour eux que d'apprendre qu'il a fallu l'abattre... As-tu réfléchi au moyen de le faire ? Nous n'avons que le vieux fusil de ton père. Comment étouffer le bruit pour qu'ils ne l'entendent pas ?

— Je n'y avais pas pensé, en effet.

— Je ne vois pas d'autre solution, pourtant.

— De toute façon, il serait encore plus cruel d'abandonner Betty à son sort.

Simon et Lise, s'ils étaient proches de céder au découragement, n'en étaient pas moins fermement décidés à accomplir l'acte qui soulagerait la pauvre mule.

— J'emmènerai les enfants au bord du torrent, proposa Lise. Le bruit de l'eau couvrira celui de la détonation. Je traînerai dehors pour que tu aies le temps de l'enterrer. Ils se douteraient de quelque chose en apercevant le sang.

— Je tâcherai de me dépêcher. Mais ne trouveront-ils pas étrange que je me sois hâté de la faire disparaître si rapidement ?

— Nous trouverons une raison.

La pluie continuait de tomber sans répit, moins violente mais plus régulière.

Après le déjeuner, Lise empêcha Alice et Jonathan de descendre dans le hangar. Elle leur proposa aussitôt une longue promenade.

— Alice, Jonathan, il me semble que nous nous écoutons un peu trop depuis que nous sommes bloqués par la pluie. Allez, je vous emmène ramasser des escargots le long du torrent !

L'idée n'enthousiasma pas les enfants, qui se voyaient privés de la visite à leur amie. Ils tentèrent de s'insurger :

— Il pleut trop, maman ! Nous serons trempés...

— Allez, un peu d'exercice nous fera le plus grand bien !

Lise leur tendit les cirés et les paniers qu'elle avait préparés avant le déjeuner.

— Nous nous sécherons près de la cheminée à notre retour. Il y a bien longtemps que nous ne l'avons pas utilisée. Simon, si tu apportais du bois pour allumer le feu, cela nous ferait gagner du temps !

— Avant, je veux voir Betty ! pleurnicha Alice.

— Tu la verras après. Nous rentrerons pour le goûter.

L'enfant rechigna, trouvant tous les prétextes pour ne pas obéir.

À bout d'arguments, Lise lui ordonna d'obéir et décida de partir sans plus discuter.

De son côté, Simon savait ce qui lui restait à faire : patienter un quart d'heure, le temps qu'ils atteignent le torrent, puis exécuter sa douloureuse besogne.

La gorge nouée, les mains moites, il tardait à décrocher le vieux fusil que lui avait légué son père avant de mourir.

Une balle suffira, pensa-t-il, les yeux fixés sur le canon terni.

Le quart d'heure lui parut interminable au cadran de sa montre.

Et si je ratais mon coup !? songea-t-il.

Il se ravisa.

Je vais prendre une deuxième balle, on ne sait jamais.

Le torrent était sur le point de déborder. Jamais Lise ne l'avait vu aussi gros. Son lit encaissé était complètement rempli.

— Si ça continue, les terres s'inonderont et plus rien ne retiendra l'eau, expliqua-t-elle à ses enfants, qui l'avaient suivie sans conviction.

— Tu crois que les escargots sont contents ? demanda Jonathan, qui montrait un peu plus d'enthousiasme que sa sœur.

Le jeune garçon se réjouissait d'en rapporter à son père. Mais Alice, elle, ne cessait de bouder.

— S'il arrive quelque chose à Betty, je ne serai pas là pour la réconforter, geignait-elle en traînant les pieds.

— Tranquillise-toi ! la rassura sa mère. Papa est auprès d'elle. C'est lui qui la soigne. Fais-lui confiance.

— Ce n'est pas pareil. C'est de moi qu'elle a besoin !

Lise secoua sa fille :

— Oh, arrête un peu de ronchonner ! Remontons plutôt le torrent jusqu'au petit pont, proposa-t-elle. Il est plus urgent d'aller constater les dégâts que de se lamenter !

En réalité, Lise n'avait qu'une hâte : emmener Alice et Jonathan le plus loin possible du mas.

La carabine sur l'épaule, Simon descendit l'escalier qui menait au hangar. Il se sentait tel un bourreau et détestait le rôle qui lui était dévolu dans cette mauvaise pièce. S'il s'était écouté, il aurait fui ses responsabilités pour accompagner sur-le-champ Lise et les enfants à la chasse aux escargots...

Dans le hangar, Betty sentit aussitôt sa présence et émit une faible plainte sans détourner la tête, sans dresser les oreilles, contrairement à son habitude quand Alice venait la voir. La mule avait compris.

Était venu le moment de partir. De laisser derrière elle toute une vie accomplie, une retraite bien méritée.

Simon s'efforça de ne pas s'apitoyer. Il pensa à Alice et à Jonathan, refoula un sanglot en chargeant son fusil.

Il s'approcha de l'animal. Celui-ci, sans bouger, tourna les yeux dans sa direction, d'un air suppliant, comme si une étrange complicité était née soudainement entre le bourreau et sa victime.

— Ce ne sera pas long, ma Betty. Tu ne souffriras pas. Comme je ne voulais pas en arriver là ! Pardonne-moi, Betty.

La mule redressa la tête, tendit ses oreilles, plongea ses yeux dans ceux de Simon, résignée. Elle semblait lui dire : « Vas-y, courage. Accomplis ton devoir. »

Simon croisa son regard. En l'espace d'un éclair, il comprit les pensées de l'animal. Alors, la force monta en lui. Il arma son fusil. Épaula. Visa la tempe. Et tira.

Foudroyée, Betty s'effondra. Sereine.

Une tache de sang se répandit lentement sur la paille.

— Tu as entendu, maman ?

Alice, aux aguets, tira sur la manche de sa mère.

— C'est l'orage qui gronde au loin.
— Je ne crois pas. C'était un coup sec.
— Un chasseur, dit Jonathan.
— Un chasseur, sous cette pluie ?
— La pluie ne chasse pas le chasseur ! ajouta Jonathan, fier de son mot.

Lise comprit que tout était fini. Il fallait maintenant donner à Simon le temps d'ensevelir Betty. La terre étant détrempée, il n'en aurait pas pour longtemps à creuser la fosse.

Simon se mit aussitôt à la tâche.

Puis il attela le corps de l'animal mort à son 4 × 4 et le tira dans la boue vers le trou qu'il avait creusé à l'écart, près de l'étang. Derrière lui, une longue traînée trahissait son passage.

Le spectacle était pitoyable. Le ventre de la mule, gonflé, rebondissait sur chaque bosse du chemin. Sa tête ripait sur le sol et laissait derrière elle des taches de sang vite diluées dans l'eau stagnante. La pauvre bête, tractée par une patte postérieure, arriva tout écorchée à sa dernière demeure.

Écœuré par sa besogne, Simon se hâta d'en finir. Il reboucha la fosse sans se préoccuper de la douleur intense qui lui tiraillait la jambe. Puis il tassa la terre en roulant dessus avec son 4 × 4, afin de minimiser le risque que les fortes pluies n'exhument la dépouille.

Sa tâche achevée, il se sentit mal à l'aise à l'idée de devoir mentir aux enfants au sujet de la fin de Betty. Il se répéta comme un automate les explications qu'il leur fournirait. Aucune ne parvenait à calmer son terrible remords.

De retour, il remit sans tarder de l'ordre dans le hangar, enleva la paille maculée de sang, remonta se changer, alluma un feu dans la cheminée.

Puis il s'affala dans un fauteuil et attendit, en faisant le vide dans sa tête.

Ce fut pénible. Il fallut à Simon beaucoup d'imagination pour travestir la vérité, car Alice n'admettait pas que Betty soit partie en son absence. Jonathan, lui, montra plus de crédulité. Du moins, en apparence.

Simon ne put refuser d'emmener les enfants sur le lieu d'ensevelissement, près de l'étang. Alice exigea d'y planter une croix et promit de confectionner une plaque sur laquelle elle inscrirait une épitaphe dédiée à son amie.

Les heures s'écoulèrent, maussades. Le chagrin d'Alice et de Jonathan, sans disparaître, s'atténua quelque peu, comme finissent par se refermer toutes les plaies, même les plus profondes.

10

Quatrième jour
Jeudi 9 septembre 2060, 20 heures
Saint-Jean-de-l'Orme, Cévennes

Le ciel se déversait toujours sur la terre gorgée d'eau. Les nuages, sans cesse plus épais, créaient une demi-obscurité permanente, une atmosphère blafarde. Il fallait laisser les lampes allumées toute la journée à l'intérieur des maisons.

Le mas avait pris ses quartiers d'hiver, à une époque où, d'ordinaire, on commençait à peine à sortir des grosses chaleurs estivales.

Le hangar et la grange, situés au rez-de-chaussée du mas, étaient noyés sous cinquante centimètres d'eau. Simon avait dû évacuer la chèvre et la brebis dans une clède[1] perchée sur une terrasse plus élevée, à l'écart de l'inondation. De ce fait, les deux bêtes se trouvaient éloignées de la maison et il n'était pas aisé pour Simon d'aller les soigner.

Toutes les communications avec l'extérieur étaient interrompues. Le téléphone ne fonctionnait toujours pas. Le chemin était impraticable et le torrent, sorti de son lit, faisait barrage.

1. Séchoir à châtaignes.

— Je me demande comment se débrouillent les habitants du village, s'interrogea Simon en relevant la tête du clavier de son ordinateur.

— La plupart des maisons doivent être inondées, lui répondit Lise, qui peignait à ses côtés.

— Heureusement, grâce à notre générateur à panneaux solaires, nous avons encore de l'électricité !

— Les nouvelles ne doivent pas être très réjouissantes ! Si ça se trouve, toute l'Europe subit le même sort.

Lise tuait le temps en peignant plus que jamais. Elle aimait tenir compagnie à Simon, qui continuait à écrire ses chroniques pour son journal afin de ne pas perdre son rythme de travail.

Dans leur vieux mas consolidé, ils se sentaient en sécurité. Les murs étaient solides, la toiture avait été refaite et les provisions ne manquaient pas.

Les Jourdan pouvaient tenir un siège !

— À vrai dire, cette situation, si pénible soit-elle, ne me déplaît pas trop, avoua Simon.

— Tu plaisantes ! Explique-moi ça !

— C'est dans l'adversité que j'apprécie le plus ce que j'ai. Être ici, au milieu de ma famille, dans ce mas que nous avons patiemment aménagé et où l'on ne risque pas grand-chose, m'apparaît comme un privilège. Il y a plus malheureux que nous, non ?

— Il te fallait une catastrophe pour t'en apercevoir ?

— Disons que cela m'ouvre les yeux.

— Je serais plus rassurée si la pluie cessait et si le niveau de l'eau baissait.

— Certes. Mais cela nous aura au moins servi à apprécier notre confort à sa juste valeur.

La nuit, le mas endormi disparaissait dans le miroir noirâtre de la surface des eaux. Celles-ci plongeaient la vallée dans un étrange silence. Seul le grondement du torrent troublait la pesante somnolence de la nature engourdie, sorte de ronflement que chacun finissait par ne plus entendre. Le hululement d'une chouette ou le craquement d'une branche morte prenait soudain une ampleur démesurée. L'obscurité accroissait les bruits, exacerbait le moindre frémissement et rendait tout insolite.

Insolite, en effet, le vieux mas des Jourdan, au milieu de ses terrasses bizarrement aquatiques. Tel un phare battu par les flots, il se dressait, solide, isolé au beau milieu d'un lac qui avait tout envahi, une véritable mer qui l'entourait maintenant, d'où n'émergeaient, de-ci de-là, que de rares troncs d'arbres à moitié enfouis dans des eaux lourdes et boueuses à force de charrier les terres arrachées aux flancs de la montagne.

Le ciel ne se découvrait plus d'une chape nuageuse toujours plus dense qui s'agglutinait sur les sommets. Les hauts reliefs pointaient leurs cimes, comme pour mieux agripper tout ce qui les frôlait. Aussi l'univers des hommes était-il plongé dans une obscurité permanente, sous un épais rideau de pluie, et d'aucuns commençaient à répandre la rumeur que la fin du monde approchait.

11

Cinquième jour
Vendredi 10 septembre 2060, au matin
Saint-Jean-de-l'Orme, Cévennes

Dans le village, c'était la catastrophe. Tous les rez-de-chaussée étaient inondés. Le niveau atteignait même la base des premiers étages. Les maisons de plain-pied ne laissaient plus apparaître que le faîtage de leur toit.

À l'écart de la commune, un élevage industriel de poules avait été complètement dévasté. Les volailles avaient péri par milliers. Celles qui s'étaient échappées – on ignorait comment – flottaient misérablement à la surface des eaux stagnantes. Des abattoirs sortaient d'horribles flux rougeâtres, telles des rivières pourpres se déversant dans une mer d'ocre. Une odeur âcre et nauséabonde commençait à se répandre sur la plaine, une odeur de mort comme après un terrible massacre.

Les villageois s'étaient réfugiés aux étages supérieurs des maisons. Certains, qui avaient déjà tout perdu, avaient été accueillis par des voisins ou des parents. L'entraide avait réapparu naturellement entre les hommes, tous unis dans l'adversité.

On ne communiquait plus qu'au moyen de barques et de Zodiac. Les secours attendus de l'extérieur n'arrivaient plus, la situation était partout identique. Les réseaux étant coupés, les habitants n'avaient plus recours qu'à la radio, et les radios amateurs avaient spontanément offert leurs services pour maintenir la liaison avec la ville la plus proche.

Le ravitaillement posait le plus gros problème. Jusqu'à présent, le village avait vécu sur ses réserves. Mais le pain commençait à manquer, car le four du boulanger était noyé sous trois mètres d'eau. Aussi, de temps en temps, un hélicoptère de la gendarmerie venait-il apporter aux villageois des denrées de première nécessité, des médicaments et des nouvelles peu réjouissantes qui n'étaient pas faites pour remonter le moral des sinistrés.

Dans la ville voisine, les conditions étaient plus dramatiques du fait de la présence du Gardon, qui charriait les pluies tombées plus haut en montagne. Ce n'était plus une rivière ni un fleuve qui la traversait ! On ne distinguait plus ses deux rives. Les eaux s'étendaient à perte de vue. Mais ce qui rendait la situation plus dangereuse encore, c'était ce courant qui entraînait tout sur son passage.

Il était très périlleux, en effet, de s'aventurer en barque sur cette véritable mer intérieure en furie. Seuls les services de sécurité, munis de gros canots pneumatiques à moteur, osaient porter secours aux habitants les plus exposés.

De nombreux réfugiés squattaient les bureaux, les magasins, les halls situés aux étages supérieurs. Toute activité commerciale avait cessé. On vivait en état de siège.

Si les occupants des immeubles et des tours paraissaient privilégiés, l'impossibilité de se rendre au ravitaillement devenait néanmoins préoccupante. Du matin au soir, une noria de secouristes apportait aux points centraux ce dont les citadins avaient le plus besoin. Le temps des restrictions et de la pénurie semblait revenu, comme lors des grands conflits du siècle précédent.

Les autorités avaient tenté de rassurer la population. Mais elles n'étaient guère mieux informées. À l'hôtel de ville, le maire avait établi une cellule de crise dans la salle du conseil municipal afin de prendre toutes les décisions d'urgence. Il avait en permanence autour de lui tous ses conseillers et tous les responsables de la sécurité.

C'était un homme d'une quarantaine d'années, au teint bis, à la barbe bien taillée. Énergique, il donnait l'impression de maîtriser la situation.

Ce matin du cinquième jour, il s'approcha de la grande table de réunion où étaient entassés pêle-mêle de nombreux dossiers et des cartons de victuailles. D'un air lugubre, il s'adressa à ses collègues qu'il avait convoqués après avoir été contacté par le préfet de région :

— Mesdames, messieurs, déclara-t-il d'un ton solennel, on vient de me signaler que, dorénavant, nous ne devrons compter que sur nous-mêmes. La région ne peut plus nous apporter son aide, tant ils sont eux-mêmes débordés. Nous devrons nous débrouiller tout seuls. Ils vont mettre à notre disposition un hélicoptère. Les réserves de carburant n'étant pas en danger, nous ne craignons rien de ce côté-là...

— Un seul hélicoptère pour tout le secteur ! Nous ne pourrons pas secourir tout le monde ! s'insurgea un conseiller.

— Il faudra s'en contenter, monsieur Lemaître. Il nous servira à aller chercher le ravitaillement le plus urgent et à le redistribuer.

— Tant que les gens seront coincés chez eux, on évitera les mouvements de panique et les problèmes de pillage. La surveillance en sera grandement facilitée.

— Nous concentrerons ainsi tous nos efforts sur l'alimentation et la santé.

Le moral de l'équipe municipale n'était pas au plus haut. Personne ne savait en effet quand les pluies cesseraient. Dans une hypothèse optimiste, il faudrait des semaines avant que l'eau reflue. La perspective d'un retour à la normale n'était pas envisageable à brève échéance.

D'ici là, comment survivraient les naufragés de ce véritable déluge ?

12

Sixième jour
Samedi 11 septembre 2060, 7 h 30
Saint-Jean-de-l'Orme, Cévennes

— Simon, secoue-toi !
— Qu'y a-t-il ? Pourquoi me réveilles-tu si tôt ?
— Regarde : l'eau passe sous la porte.

Simon se redressa, encore tout endormi. Lise lui montra l'entrée de leur chambre, atterrée. L'eau s'était répandue partout et avait gagné la descente de lit, transformée en une véritable éponge.

— Vite… Allons réveiller les enfants !

Simon fonça dans la chambre de Jonathan. La moquette avait disparu sous cinq centimètres d'eau. Le jeune garçon, qui dormait profondément, ne s'était aperçu de rien. Son lit ressemblait à un radeau abandonné.

— Quel désastre ! soupira Simon en secouant son fils. Bouge-toi, fiston ! Il n'est plus temps de flemmarder !

Réveillée par le remue-ménage, Alice s'était levée seule. Elle pleurait en silence, immobile dans l'entrebâillement de la porte, regardant sa chambre dévastée.

Lise, lucide malgré la soudaineté de l'événement, prit les choses en main :

— Nous allons nous installer dans le grenier. Nous y serons plus en sécurité…

— Transportons-y un maximum de choses, décida Simon. Mettons à l'abri tout ce qui peut être sauvé. La cuisine et le cellier d'abord, les chambres et le salon ensuite ! Les enfants, remuez-vous ! Tout le monde s'y met !

Le grenier était vaste. À côté du bureau, il y avait un espace non aménagé où étaient entreposés quelques objets de leur passé dont Simon et Lise n'avaient pas voulu se séparer.

Sans perdre un instant, tous les quatre se mirent au travail dans le plus grand silence.

— Il faudra surélever les meubles les plus lourds afin de les protéger. Si l'eau ne monte pas trop, il n'y aura pas trop de dégâts.

Au bout de deux heures, le travail achevé, la famille Jourdan s'installa dans ses nouveaux quartiers.

L'inondation semblait se stabiliser. Elle était montée d'environ dix centimètres dans les pièces d'habitation du premier étage, le rez-de-chaussée étant complètement noyé.

— Vu la hauteur du hangar, l'eau est montée d'au moins quatre mètres, releva Simon. C'est inimaginable !

— Je commence réellement à m'inquiéter, avoua Lise.

— Surtout, ne montrons pas notre crainte aux enfants. Il faut au contraire dédramatiser la situation. Organisons notre vie comme si nous étions sur un bateau…

— Heureusement, le générateur tient le coup !

— Pour le moment ! Mais j'ai peur que cela ne dure pas. Si le niveau continue de monter, l'eau l'atteindra et ce sera la panne définitive.

— Il y a une caisse de bougies dans le grenier. Elle est à l'abri, bien au sec.

Rassemblant sa famille autour de lui, Simon déclara d'un ton solennel :

— Les enfants, soyez rassurés. Notre maison est solide et, à cet étage, nous ne risquons rien.

— Et si ça ne s'arrête pas ? intervint Alice, de loin la plus effrayée.

— Le niveau ne va pas encore monter de trois mètres, voyons ! C'est impossible, tenta de la rassurer Simon. Nous sommes... comme dans un bateau, au milieu de l'océan.

— C'est comme l'Arche de Noé ?

— Exactement. Sauvegardons tout ce qu'on peut et organisons-nous. Tant que nous serons prisonniers ici, nous devrons obéir à une stricte discipline. Nous tâcherons de poursuivre notre vie habituelle. Vous, les enfants, vous ferez chaque matin votre travail scolaire. Maman a sa peinture. Moi, mes chroniques. Nous avons de quoi nous occuper l'esprit. Rien ne sert de paniquer. Tous les habitants de la région doivent se trouver dans la même situation. Les secours vont se mettre en place progressivement. Notre tour viendra en son temps. À nous de savoir faire face. Allez ! Courage !

Simon se saoulait de ses propres paroles. Elles étaient pour lui le remède indispensable pour ne pas sombrer dans le désarroi. À vrai dire, ni lui ni Lise n'entrevoyaient de fin à cette funeste mésaventure.

Tous deux se doutaient qu'on leur cachait la vérité. Les informations de la télévision restaient exagérément optimistes, mais eux ne percevaient aucun changement dans le ciel, qui demeurait toujours aussi obscur et menaçant.

Au-dehors, c'était la désolation : de l'eau à perte de vue, qui charriait des troncs d'arbres de plus en plus nombreux, parfois le corps gonflé d'un animal noyé. Le vallon, dans lequel le mas se dressait au temps de sa splendeur, n'était plus qu'une zone de marais, où de rares tertres affleuraient comme des îlots de nidation pour oiseaux migrateurs.

Les terrasses les plus élevées étaient encore au sec. Mais les premiers niveaux avaient déjà disparu sous les flots. Étranges escaliers qui tombaient en marches de géant dans des profondeurs insondables… Juste retour des choses, ces anciens fonds sous-marins des ères géologiques lointaines semblaient revenus à leurs origines.

Les secteurs inondés s'étendaient à perte de vue. La plaine tout entière n'était plus qu'un vaste et sombre miroir d'où ne pointaient que les toits des maisons et les clochers des églises. Les hommes s'étaient regroupés dans les lieux les plus sûrs.

13

Septième jour
Dimanche 12 septembre 2060, 15 h 20
Saint-Jean-de-l'Orme, Cévennes

— Maman ! s'écria Alice en regardant par la lucarne entrouverte. L'eau atteint la faïsse, où se trouvent la chèvre et la brebis. Si elle continue à monter, elles vont se noyer !

— Il faudrait les libérer, convint Lise. Mais comment faire ?

Simon en effet avait mis les deux bêtes en sécurité et les avait attachées à une corde suffisamment longue pour qu'elles puissent pâturer librement et rentrer se mettre à l'abri dans la clède. Dès lors, elles restaient la proie désignée des éléments et vouées inexorablement à la noyade.

— Simon, que pouvons-nous faire pour ces pauvres bêtes ? s'enquit Lise, qui ne voulait pas que les enfants assistent, impuissants, à la disparition de leurs animaux domestiques.

Alice s'était jetée sur son lit, éplorée, inconsolable.

Simon proposa aussitôt une solution :

— La barque, qui servait dans le temps à voguer sur l'étang, a dû monter avec le niveau de l'eau. Elle est accrochée derrière le mas, sur la faïsse la plus élevée. Si elle n'est pas percée, elle doit flotter. Il suffit de l'atteindre et nous aurons un moyen pour sortir d'ici.

— Tu es bien conscient que nous sommes cloîtrés dans ce grenier comme des rats pris dans une souricière ? Nous n'avons pas d'autres issues que les fenêtres du toit.

— Si c'est la seule possibilité, je vais voir s'il y a moyen de faire quelque chose...

— Sois prudent. Ton pied est à peine rétabli !

Simon se hissa sur une chaise et, par une traction des bras, passa son corps à travers le velux. Le toit n'était pas très incliné, mais la pluie continue le rendait glissant. Il parvint à y marcher sans trop de difficulté, tout en faisant attention à ne pas poser les pieds sur le sommet arrondi des tuiles afin d'éviter d'en briser, et, pas à pas, il entreprit le tour de l'immense toiture du mas.

Ébahi par le spectacle qui s'étendait à trois cent soixante degrés à ses pieds, il se glissa avec précaution à l'arrière de la vieille bâtisse. Là, devant lui, la barque flottait, arrimée au mur par une chaîne que la hauteur de l'eau tendait au maximum.

— Il est grand temps que je la décroche, déclara-t-il à voix haute afin que Lise, qui était à l'écoute, la tête pointant à travers la lucarne, puisse l'entendre. Si le niveau monte encore, la chaîne sera trop courte.

— Fais très attention ! Ne prends aucun risque inutile.

— Ne t'inquiète pas. Il me faut juste une corde pour atteindre la barque...

Il retourna dans le grenier, se munit d'une grosse corde et repartit l'attacher autour de la cheminée. Puis il entreprit sa descente le long du mur. Trois mètres environ le séparaient du but. La barque frottait contre les pierres grises du mas et commençait à s'incliner, tiraillée par la chaîne.

Après plusieurs minutes d'efforts, Simon posa un pied, puis deux, dans l'embarcation sans lâcher la corde. La barque piqua de l'avant. D'un geste rapide, il se jeta vers l'arrière pour faire contrepoids. La barque tangua, sa ligne de flottaison s'enfonçant dangereusement, puis se stabilisa.

Simon, qui n'avait ni l'âme ni l'étoffe d'un aventurier, temporisa quelques secondes. Reprit son souffle. Décrocha la chaîne et attacha les deux rames afin qu'elles ne lui échappent pas. Puis il s'écarta lentement du mas, en évitant tout mouvement brusque.

Une sensation bizarre s'empara alors de lui. Savoir qu'il flottait à cinq mètres de la surface du sol, sur une eau ténébreuse, lui glaça le sang. La situation lui paraissait trop insolite pour être vraie. Trop irréelle. Il avait l'impression de vivre une aventure abracadabrante, tirée tout droit d'un film de série B dont il ne serait que le pâle héros.

Mais force lui était de constater qu'il ne vivait pas un mauvais rêve, et qu'il ramait effectivement au-dessus de ce qui était, une semaine encore auparavant, son propre jardin potager.

La terre ferme n'était plus très loin. Les pauvres bêtes pataugeaient déjà dans l'eau et commençaient à se démener en tirant sur leur corde, pressentant le pire.

La brebis bêla la première en le voyant accoster. La chèvre, elle, indifférente, se jouait d'observer ses pattes dans l'eau et poursuivait de ses cornes des volatiles qui lui tournaient autour. Simon prit soin d'attacher la barque et s'empara du pieu auquel étaient retenus les deux animaux.

— Vous êtes libres, mes belles, leur dit-il. Allez vous réfugier dans la montagne. Vous y serez au sec. Mais faites attention au loup !

Les deux comparses ne bougèrent pas, croyant sans doute que Simon était venu pour les conduire à l'abri.

— Allez, partez pendant qu'il est encore temps !

Frappant dans ses mains, il essaya de les faire fuir. En vain. Les deux bêtes, trop fidèles à leur maître, restèrent près de lui et se remirent à brouter, malgré l'eau qui commençait à submerger leur pâturage.

— Tant pis ! Vous finirez bien par comprendre.

Simon remonta dans la barque et, toujours avec beaucoup de prudence, reprit le chemin du mas.

Il ressemble à une citadelle au milieu de l'océan, songea-t-il, à ce fort Boyard que nous avons visité il y a trois ans.

— Lise ! s'écria-t-il du fond de son embarcation. Je fais le tour de la maison pour m'assurer que tout est en ordre !

La barque fendit lentement les eaux noirâtres, laissant derrière elle un étroit sillage vite refermé. Simon inspecta tous les murs, les uns après les autres, vérifia s'il n'y avait pas des lézardes ou des pierres descellées. L'eau arrivait maintenant à quarante centimètres sous les appuis de fenêtre du premier étage.

— Elle a encore monté depuis ce matin... soupira-t-il avec effroi. Il faudrait bien que ça s'arrête !

Longeant la bâtisse au plus près, il constata avec inquiétude que l'humidité avait gagné par capillarité le haut des murs. Les joints de chaux, telles des éponges intercalées entre les blocs de calcaire, étaient déjà saturés.

Simon contourna l'angle nord-ouest et examina la muraille. Le pignon situé à l'ouest était aveugle. Les anciens se préservaient de la chaleur et du froid. Aussi les fenêtres de leurs mas étaient-elles étroites et peu nombreuses. Simon avait certes agrandi toutes les ouvertures, mais il avait respecté ce détail d'architecture et laissé cette façade intacte.

Le plancher du grenier où toute la famille s'était réfugiée se trouvait à plus de deux mètres au-dessus du niveau de l'eau.

Il y a de la marge, pensa Simon, pour l'instant, nous ne risquons rien...

Un lézard attira son attention. Le petit animal grimpa sur la façade, hésita, puis se réfugia dans une anfractuosité. Simon le suivit des yeux, intrigué. Il prit alors conscience que la fissure descendait de la rive du toit vers la surface de l'eau. Les pierres, disjointes, semblaient se desceller.

Simon n'avait jamais remarqué cette anomalie. La bâtisse a travaillé, songea-t-il. L'eau exerce une pression anormale sur les murs.

D'un coup de rame, il s'éloigna et termina son tour d'inspection. Puis il amarra la barque à la corde accrochée à la cheminée et se hissa péniblement. Le retour lui fut plus ardu que la descente.

— Lise, cria-t-il, je remonte !

— Sois prudent. Le toit est glissant.

La pluie s'était calmée. Ce n'était plus qu'un crachin opaque qui créait une atmosphère de marais englué dans la brume tout autour du mas.

— J'ai remarqué une fissure dans le mur ouest, annonça-t-il sans attendre.

— C'est grave ?

— Pour l'instant, non. Mais je n'ai pas pu voir plus bas. Espérons qu'elle ne s'élargira pas au niveau du rez-de-chaussée. N'en parlons plus ! Les enfants ne doivent pas savoir.

— Pourquoi n'irions-nous pas nous réfugier dans la clède ?

— L'eau y atteint déjà la base des murs. De plus, elle est minuscule.

— Si la maison devient dangereuse, nous devrons l'abandonner et aller vivre sur la terre ferme...

— Souhaitons que nous n'y soyons pas contraints ! Avec cette pluie qui ne cesse de tomber, nous ne résisterions pas longtemps. Il faudrait édifier un abri. Je ne me sens pas capable d'abattre des arbres, de tailler des troncs pour construire une cabane étanche...

— As-tu pensé que nous pourrions traverser la montagne pour voir ce qui se passe sur l'autre versant ?

— J'y ai songé. Mais tant que nous pouvons tenir et attendre les secours ici sans problèmes majeurs, il n'est pas utile de risquer nos vies à s'aventurer dans la forêt. De toute façon, l'eau a probablement monté partout, et je crains fort que nous ne soyons isolés de tous les côtés.

— Ce n'est pas réjouissant !

— Nous avons encore de quoi survivre. Alors, ne nous affolons pas !

— J'ai fait le compte de nos provisions. Heureusement que nous les avons mises à l'abri ! En nous limitant au strict nécessaire, nous avons environ un mois de vivres avec les conserves qui se trouvent dans les armoires et les denrées du congélateur qu'il faudra consommer en priorité.

— Un mois ! C'est plus qu'il n'en faut. D'ici là, la situation se sera améliorée.

— Tu es bien confiant ! Tu oublies que cela dure déjà depuis une semaine…

— Précisément. Ça ne devrait plus durer très longtemps. D'ailleurs, la pluie diminue d'intensité.

En femme clairvoyante, Lise ne montrait pas autant d'ardeur ni d'optimisme que son mari. Lucide, elle vivait au jour le jour, veillant à ce que chaque tâche soit accomplie avec la même régularité qu'à l'ordinaire, sereinement, sans trahir un quelconque sentiment de découragement. Il fallait rester solide, pensait-elle, dans la tempête il n'est pire situation que de ne plus savoir sur qui s'appuyer.

Simon, quant à lui, était sujet à des sautes d'humeur parfois surprenantes. Impulsif, il était prêt à tout, exagérant ses propres capacités. Se surévaluant souvent, il se démotivait rapidement. Mais le moment de défaitisme passé, il se remettait vite à l'ouvrage. En revanche, pour ses chroniques, il ne mesurait pas son temps et c'est avec une persévérance qui frôlait l'aveuglement qu'il s'acharnait au travail.

Le soir, quand l'obscurité recouvrit les collines de son linceul, le mas ressemblait à un grand navire échoué dans une lagune. Par les lucarnes du toit, seule la lumière témoignait encore que la vie à bord continuait. Étrange épave abandonnée, où quatre rescapés persistaient à vivre en attendant des jours meilleurs !

Plus bas dans la vallée, d'autres naufragés survivaient dans les pires conditions. Les Jourdan ignoraient que les eaux avaient noyé des quartiers entiers de la cité voisine, que les victimes, dont les corps flottaient parfois parmi les immondices, les troncs d'arbres, les débris arrachés aux constructions précaires, se comptaient par centaines.

Le paysage n'était que désolation. Terre saignée au plus profond de ses entrailles. Hémorragie de sang et de boue mêlés qui répandait la pestilence. Immeubles sapés, ébranlés, effondrés, abandonnés au pullulement des rats. Spectre d'enfer ; enfer des abîmes sans fond qui aspiraient, déchiraient, tuaient. L'eau, étendue aux contours indéfinis, s'étalait à perte de vue. À sa surface glissait l'écume amère de la mort, de la dévastation, du fol acharnement des éléments. Vision de cauchemar, prison sans barreaux pour condamnés innocents, victimes des temps modernes.

L'angoisse gagnait même les plus stoïques. Les secours ne parvenaient plus. Le ravitaillement manquait.

Bloquée dans les étages des immeubles encore debout, toute une population de fourmis s'organisait pour survivre. On inventait, on réinventait, on imaginait, on décidait, on arrêtait, on légiférait. Tout ce que l'homme pouvait, il l'entreprenait soudain avec une célérité surprenante. Tout ce que l'homme croyait possible, il le tentait aveuglément.

14

Huitième jour
Lundi 13 septembre 2060, 10 h 15
Saint-Jean-de-l'Orme, Cévennes

Depuis que, la veille, il avait découvert la lézarde dans le pignon, Simon avait décidé d'aller inspecter chaque jour l'état du mas.

Avec précaution, il descendit de son toit et, tel un pêcheur au point du jour, quitta son port d'attache, filant silencieusement à la surface de l'eau.

Ce matin-là, rien ne lui parut avoir changé depuis la veille.

Il rendit visite aux deux locataires de la clède, qui, en amies fidèles, ne s'étaient toujours pas éloignées. À l'approche de son maître, la brebis bêla de reconnaissance et la chèvre vint se frotter à lui comme pour mieux lui signifier qu'elle voulait retourner au bercail.

Simon se complaisait à traîner dans son embarcation. Il s'écarta du mas et, d'un coup de rame, alla examiner les alentours. Tout lui parut bien calme. La pluie ne tombait plus que par intermittence, sous forme de crachin.

Il se dirigea vers l'ancien gué. Il ne s'y était encore jamais aventuré, car le courant était plus violent à cet endroit. Sous ses yeux, le mas aux pierres grises s'éloignait peu à peu, se réduisant bientôt à un minuscule bastion émergeant d'une mer paisible. À l'approche du lit du torrent, la force de l'eau s'accentuait. Simon dut user de toute son habileté pour manœuvrer au mieux sa frêle embarcation et l'empêcher de prendre de la gîte ou de dériver du côté où les flots l'entraînaient. Il souqua de toutes ses forces sur l'aviron gauche afin de diminuer l'inclinaison de la barque et d'en diriger la proue vers l'amont.

C'est peine perdue, songea-t-il, le courant est trop fort, il est impossible de traverser. Peut-être avec le moteur...

Renonçant à inspecter au-delà, il laissa filer le canot, qui prit aussitôt le sens du courant. De quelques coups de rame, il s'écarta et revint à la surface plus calme des eaux dans le vallon.

Simon eut soudain la sensation d'être au milieu de nulle part. Sa gorge se noua. Des idées noires l'envahirent.

Il ne faut pas se laisser abattre, ne serait-ce que pour les enfants ! se reprit-il aussitôt. Les secours finiront par arriver.

L'emplacement de l'ancien étang était encore marqué par une auréole d'arbres dont les branches émergeaient étrangement.

C'était l'endroit préféré de Lise. Elle venait souvent y lire durant de longues heures et y chercher l'inspiration. Le lieu prêtait à la rêverie solitaire. Un grand saule, planté depuis de nombreuses générations, léchait le sol de son feuillage en pleurs. Ses racines chenues rampaient jusqu'au bord de l'étang, où elles s'abreuvaient à l'encre de sa tristesse. Épaisses et noueuses, elles formaient un promontoire au-dessus de la surface liquide. Lise aimait s'y asseoir, les genoux repliés entre ses bras, le regard bercé par le scintillement de l'onde, plongée dans quelque songe d'un monde merveilleux.

Simon s'approcha du saule en forme de dôme. Le tronc disparaissait maintenant dans la profondeur de l'eau. Les autres arbres avaient moins souffert. Plus élevées, leurs ramures étaient restées intactes. Seuls les plus frêles, quelques jeunes bouleaux, s'étaient ployés sous la force du courant. Certains, presque déracinés, ne demeuraient accrochés à la terre que par miracle.

Intrigué, Simon décida de pénétrer sous le feuillage du saule, véritable hutte touffue posée sur l'eau à la manière d'une île flottante. Lentement son embarcation fendit le mur végétal et entra dans un univers fantastique. Simon écarta les premières branches à l'aide de ses rames et se plia en deux pour mieux se protéger.

Le spectacle lui parut surprenant. Il se retrouva soudain dans un monde irréel, plongé dans une pénombre peu rassurante. Sous sa barque les eaux semblaient plus ténébreuses que partout ailleurs.

Au-dessus de quel abysse mystérieux se trouvait-il ? Quel était ce passage secret ? Où menait-il ? Dans son esprit troublé, toutes ces questions demeuraient sans réponses.

Il parvint difficilement à immobiliser sa barque. Le clapotis contre les parois cessa. Les rides de l'eau s'étirèrent. S'estompèrent. Et disparurent. Le miroir s'ouvrit alors sur une obscure profondeur.

Tout à coup, un tronc flottant pénétra dans l'étrange caverne aquatique. Pris dans un tourbillon, il commença à s'enfoncer dans le gouffre. Simon le suivit du regard, intrigué par un objet volumineux empêtré dans ses branches. Mais le manque de lumière et la noirceur de l'eau l'empêchaient de distinguer nettement ce qui était emprisonné dans les tentacules de l'arbre.

Avec l'une de ses deux rames, il tenta de l'atteindre. À force de le pousser, de l'écarter, de le soulever, il parvint à le détacher. La masse informe remonta juste sous la poupe de l'embarcation.

Alors, horrifié, Simon bondit en arrière et manqua tomber à la renverse. Sous ses yeux effarés flottait le corps gonflé de Betty. La fosse où la malheureuse avait été ensevelie, trop fraîchement refermée, s'était ouverte sous la force du courant, et la dépouille avait été emportée. Elle s'était échouée contre le grand saule et y restait accrochée.

Reprenant ses esprits, Simon examina la pauvre bête. La nausée l'envahit aussitôt. L'abdomen et la gorge de l'animal étaient déchirés, dépecés par des prédateurs de charogne. Les entrailles s'étiraient entre deux eaux. Une cuisse était rongée jusqu'à l'os et ne tenait plus au corps mutilé que par quelques tendons. Les yeux avaient disparu, laissant dans la tête deux trous béants.

Simon frémit d'effroi. Pour se redonner courage, il se mit à parler à voix haute :

— Les rats ! Ce sont les rats qui l'ont attaquée ! Ils doivent pulluler dans ces eaux stagnantes. Il faudra se montrer vigilant...

Puis, devant l'indicible spectacle du cadavre de la malheureuse mule, il ajouta, dépité :

— Ma pauvre Betty, je ne peux rien faire pour toi.

Abandonnant la dépouille de l'animal à son triste sort, il sortit rapidement de son lugubre abri et fila en direction du mas.

Les enfants jouaient tranquillement dans le grenier et n'entendirent pas leur père rentrer. Simon en profita pour expliquer à Lise ce qu'il avait découvert. Puis il ajouta :

— J'ai exploré les abords du gué. Il y a trop de courant pour traverser avec les rames. Il faudrait mettre le moteur sur la barque.

— Il est en panne depuis longtemps, tu le sais bien !

— Je peux essayer de le réparer.

Lise ne jugea pas très judicieuse l'intention de son mari. Même avec le moteur, il y avait un gros risque à franchir le flot torrentiel.

— Il vaudrait mieux passer par la montagne, suggéra-t-elle. Au moins, nous serions sur la terre ferme.

— Sauf si la montagne est, elle aussi, cernée par les eaux. De l'autre côté, nous nous retrouverions dans la même situation !

— Pour le savoir, il faut y aller voir ! Si tu ne le fais pas, je le ferai.

Simon s'étonna de l'agacement soudain de sa femme. Cette réaction ne lui ressemblait pas. D'habitude calme et réfléchie, Lise semblait perdre patience.

— Nous n'allons pas moisir dans ces murs et attendre que les rats nous dévorent comme cette pauvre Betty ! Les secours ne viendront pas. Je suis sûre qu'en bas, au village, tout le monde est tiré d'affaire. Ici, nous sommes trop éloignés et isolés. Ils nous ont oubliés.

— Dès demain, je partirai voir par la montagne. Et s'il n'y a pas moyen de regagner le bourg autrement, je tâcherai de passer avec la barque.

15

**Neuvième jour
Mardi 14 septembre 2060, 7 heures
Saint-Jean-de-l'Orme, Cévennes**

Le lendemain, Simon se leva à l'aube et s'équipa d'un gros sac à dos pour sa randonnée dans la montagne. Lise lui avait préparé la veille suffisamment de nourriture pour tenir pendant deux jours. Il banda étroitement sa cheville encore douloureuse, enfila ses chaussures de marche et, paré de son ciré, s'apprêta à quitter le mas avant que Jonathan et Alice ne se réveillent.

Lise, anxieuse, l'avait regardé ranger méticuleusement tout ce qu'il emportait avec lui : carte, boussole, couteau, trousse de premiers secours, corde…

— On dirait que tu pars pour une véritable expédition !

— Je préfère prendre mes précautions. J'ignore ce qui m'attend.

— Surtout, ne commets pas d'imprudence ! Je suis seule avec les enfants et je ne disposerai même plus de la barque pour rejoindre la clède.

— J'y ai pensé. Je vais accrocher une longue corde derrière la barque. Ainsi tu pourras la ramener vers le mas quand tu voudras.

L'état de Lise troublait Simon.

Je ne devrais pas la laisser seule avec les enfants, se dit-il à regret. Si elle déprime en mon absence, ils vont s'affoler.

Il descendit prudemment le long du mur et s'éloigna du mas, non sans crainte, le regard fixé sur Lise, dont le buste dépassait de la lucarne. La longue corde qui le reliait à elle s'enfonçait dans l'eau, se déroulant tel un fil d'Ariane au fur et à mesure qu'il s'approchait de la rive.

Comme d'habitude, la brebis et la chèvre l'entourèrent aussitôt, n'hésitant pas à se tremper les pattes pour lui faire la fête.

— Mes belles, il va falloir me laisser partir et rester ici !

Les deux comparses ne semblèrent pas comprendre la remarque de leur maître et lui emboîtèrent le pas. Simon fut obligé de leur lancer des cailloux pour les repousser. Après quelques tergiversations, elles finirent par renoncer à le suivre.

Intriguée, la chèvre resta là, à regarder Simon disparaître dans la forêt.

Tandis que son mari s'éloignait au cœur d'une terre qu'il connaissait mal, Lise ne pouvait s'empêcher de songer à ce qu'il adviendrait d'elle et des enfants si, par un mauvais coup du sort, l'eau se remettait à monter.

Il faut que je prépare notre installation sur la terre ferme, réfléchit-elle.

Sans réveiller Alice et Jonathan, elle s'activa dans le bureau. Elle ramassa tout ce qui pouvait être consommé sans se gâter. Empila des vêtements chauds et des vêtements de pluie dans une grande malle. Enfourna des outils et des lampes électriques dans une large corbeille d'osier. Enfin de la pharmacie dans une caisse étanche à l'abri de l'humidité.

— Mais que fais-tu, maman ? demanda Alice que le va-et-vient de sa mère avait sortie du sommeil. Tu t'en vas ? Tu nous laisses seuls, alors que papa est parti !?

— Que dis-tu là, ma chérie ! Je prépare seulement ce qu'il nous faudrait emporter si nous devions abandonner le mas.

— Pourquoi devrait-on le quitter ? Il est solide !

À cette parole Lise pensa soudain à la fissure que Simon avait découverte dans l'une des façades. Son sang se glaça.

Pourvu que le mur ne s'ouvre pas davantage, songea-t-elle sans se trahir. Ce serait une catastrophe !

— Bien sûr qu'il est solide. Nous y sommes à l'abri comme dans un château fort, répondit-elle sur un ton calme à sa fille, qui pressentait souvent l'adversité quand un problème s'annonçait.

— Je te trouve bizarre ce matin, maman. Tu te fais du souci ?

— Un peu, pour papa, qui est parti seul dans la montagne.

— Que veux-tu qu'il lui arrive ?

— Rien, tu as raison.

Sur ces entrefaites, Jonathan se réveilla à son tour. Devant les caisses et les cartons encore grands ouverts, il ne put s'empêcher de se moquer.

— C'est un vrai déménagement que tu prépares, maman ! Tu n'as pas songé qu'à terre il n'y a rien pour s'abriter ! La clède est inondée. Or il n'y a pas d'autre refuge…

— Je ne l'ignore pas. Mais nous ne partirons d'ici que si nos vies sont en danger.

— Nous avons bien une grande tente de camping dans un coin du grenier !

Les yeux de Lise pétillèrent.

— Je l'avais complètement oubliée ! Allons vite la chercher.

Le grenier était mitoyen au bureau de Simon, où toute la famille s'était installée. Dans un nuage virevoltant de poussière, Alice et Jonathan commencèrent à fouiller tout ce qui ressemblait à une caisse en carton ou à un sac de rangement. Au bout de quelques minutes, Jonathan laissa éclater sa joie :

— Ça y est ! Je la vois. Elle est au fond de cette vieille armoire…

Délicatement, Lise finit d'ouvrir les portes du meuble abandonné là par les précédents propriétaires du mas. Elle y retrouva la tente soigneusement emballée, les piquets et tous les accessoires annexes.

— Un peu d'organisation, les enfants. Déplions d'abord la tente pour vérifier son état…

La déconvenue fut immédiate. La toile tombait en lambeaux, rongée par les souris.

— Elle est inutilisable ! déplora Alice, aussi déçue que sa mère. On ne peut même pas la réparer.

— Ça m'étonne qu'il y ait des souris dans le grenier ! ajouta Jonathan. Papa s'en serait aperçu en travaillant dans le bureau !

— Il n'y en avait pas, dit Lise. Nous y avons veillé. Elles ont dû grimper aux murs, chassées de leurs nids quand les eaux ont monté.

— J'espère qu'elles sont parties !

— Tranquillise-toi, Alice. Les souris s'enfuient quand elles sentent la présence de l'homme.

Lise tentait de rassurer ses enfants, mais au fond d'elle-même elle n'était pas aussi convaincue qu'elle le laissait paraître.

— Nous resterons vigilants. Il faut néanmoins se préparer à déménager sur la terre ferme.

Alice et Jonathan reprirent très vite leurs activités habituelles. Mais en l'absence de Simon, l'ambiance dans ce qu'il restait de la maison devint vite morose. Lise demeura prostrée de longues heures, perdue dans ses pensées, répondant à peine à Jonathan et à Alice, qui ne cessaient de lui poser des questions sans se rendre compte que leur mère sombrait progressivement dans un état dépressif pour le moins inquiétant.

Peu après le départ de Simon, la pluie se remit à tomber violemment. Une brume épaisse recouvrit la surface des eaux et masqua la ligne émergée des terrasses. L'atmosphère ouatée rendait encore plus sourds les bruits de la nature. Ceux-ci étaient autant de signaux d'alarme qui aiguisaient la vigilance de Lise.

Son angoisse grandissait, car, pour la première fois, elle n'entrevoyait aucune issue à leur mésaventure. La force qu'elle avait sans cesse manifestée, elle l'avait toujours puisée dans sa profonde confiance en Simon, dans sa présence. Or Simon parti, seule au milieu de l'adversité, elle ne retrouvait plus ses repères. Elle ne savait plus à qui s'en remettre.

16

**Neuvième jour
Mardi 14 septembre 2060, 11 heures
Saint-Jean-de-l'Orme, Cévennes**

Au bout de quelques heures de marche, Simon, qui avait suivi les sentiers tracés par les animaux sauvages de la forêt, s'arrêta, hésitant, à une croisée de chemins. Il sortit de son sac sa carte d'état-major et sa boussole. Fit lentement le point. Estima la distance qu'il avait parcourue à une dizaine de kilomètres. Il n'avait pas l'habitude de barouder ainsi dans les bois, par monts et par vaux. Mais cette aventure n'était pas pour lui déplaire. Elle lui rappelait l'époque pas très lointaine où, pendant ses classes, il devait regagner sa caserne avec quelques camarades, après avoir été parachuté dans une région inconnue.

Le service militaire, en effet, avait été rétabli à la suite de la création de la Défense européenne, dans les années 2030. D'un commun accord, tous les membres de l'Union européenne avaient alors décidé de mobiliser l'armée fédérale et de restaurer sans tarder le service national. Depuis, le devoir militaire pour tous les citoyens n'avait pas été abrogé, bien que le danger de guerre eût disparu après les graves épidémies que le continent asiatique avait endurées et qui avaient calmé les velléités belliqueuses de l'État chinois.

La montagne n'était ni très élevée ni très large. Elle séparait des vallées parallèles dont les rivières se rejoignaient dans le bas pays. C'était dans l'une de ces vallées que Simon pensait déboucher pour parvenir ensuite à regagner le village. La forêt de chênes verts, souvent impénétrable à cause de son taillis épais, demeurait le principal obstacle. Seuls les chasseurs évoluaient facilement dans cet univers inextricable, connaissant aussi bien que les sangliers tous les trous d'eau et toutes les sentes.

La pluie s'était remise à tomber. Protégé par son ciré de pêcheur, Simon reprit aussitôt sa marche, à l'affût de la plus petite cavité. Les grottes étaient nombreuses dans cette forêt. Elles constituaient le refuge des blaireaux et autres animaux sauvages qui s'y cachaient pendant la journée. Mais il avait beau chercher, il ne trouvait pas le moindre trou, pas le moindre surplomb rocheux.

Il poursuivit sa route dans une direction qu'il croyait exacte pour atteindre la vallée voisine.

En fin d'après-midi, après avoir arpenté de multiples sentiers et être souvent retourné sur ses pas pour emprunter un autre chemin, il aperçut enfin une éclaircie à travers bois. Les arbres se firent moins denses, le relief s'adoucit. Simon commença à espérer que sa course dans l'inconnu touchait à son terme. Le sentier s'élargissait, longeait un précipice au fond duquel tourbillonnaient des eaux impétueuses.

Un torrent ! Il ne manquait plus que cela ! maugréa-t-il en lui-même.

Le chemin descendait vers le talweg qu'il dominait en aplomb. Puis il se rétrécissait dangereusement et se faufilait derrière la paroi rocheuse. Celle-ci s'était effondrée, ne laissant plus qu'un passage exigu et, en contrebas, un éboulis de pierres à moitié emporté par les eaux. Simon était persuadé que le torrent débouchait sur le vallon parallèle qu'il pensait atteindre.

Il sortit sa corde et ses mousquetons et s'apprêta à franchir l'écueil.

Ce n'est pas très long, se dit-il, j'y arriverai.

Un à un, il enfonça les pitons d'acier dans le rocher, y accrocha les mousquetons et s'encorda. Puis, un pied après l'autre, il avança en s'agrippant aux moindres aspérités, les doigts crispés, les jambes douloureuses, mais confiant en son matériel. Bien qu'ayant très peu pratiqué l'escalade, devant la nécessité il débordait de courage. La difficulté ne semblait pas l'effrayer.

Le passage effondré s'étirait sur une vingtaine de mètres. Quand il parvint au milieu de sa course, tout à coup le piton qui soutenait son poids céda. La roche s'effrita. Il eut juste le temps de se retenir de ses deux mains. Ses pieds pendaient dans le vide à la recherche d'une prise. Sous lui, à une dizaine de mètres, le torrent mugissait furieusement.

Ne regarde pas en bas ! Cherche une prise pour tes pieds ! Garde ton calme ! Reprends ton souffle ! s'encouragea-t-il.

Simon avait l'impression qu'une voix lui parlait et le conseillait. Petit à petit, il se stabilisa et parvint à reprendre son avancée latéralement jusqu'à un aplomb plus large qui lui permit de se reposer.

Je l'ai échappé belle ! Quand je raconterai ça à Lise, elle n'en croira pas ses oreilles !

Trois mètres plus loin, le chemin réapparut, intact.

Le danger passé, Simon s'assit malgré la pluie, sortit une cigarette de sa poche revolver et aspira lentement la fumée âcre et cependant réconfortante.

Il laissa vagabonder ses pensées, éprouva subitement une étrange sensation, comme si ce qu'il venait de vivre était issu d'un mauvais rêve. Il ne savait plus très bien ce qu'il faisait à cet endroit, dans l'humidité, loin de chez lui, seul, perdu au beau milieu d'une nature hostile.

Il demeura ainsi sur son rocher un long moment, immobile. Tout lui paraissait étranger et terriblement désolé. L'humanité avait disparu. Il était le dernier survivant sur terre.

Le jour s'achevait. Il recouvra ses esprits. Se hâta et dévala le chemin à grandes enjambées. Il craignait d'affronter les ténèbres dans la forêt. L'idée de passer la nuit à la belle étoile, dans l'humidité et l'inconfort total, ne le séduisait pas.

Si j'atteins l'autre vallon, se rassura-t-il, je trouverai un refuge pour la nuit, une vieille clède ou un hangar abandonné…

Le paysage s'ouvrit tout à coup sous ses yeux. Les arbres disparurent. Des terrasses tapissaient de nouveau les pentes. L'environnement, redevenu plus hospitalier, lui rappela le vallon où il résidait. La brume recouvrait l'horizon d'un épais manteau blanchâtre. Les murets de pierres sèches, presque intacts malgré les siècles traversés, cascadaient en alignements gigantesques, à l'image des rizières asiatiques. Ils plongeaient degré après degré dans un univers cotonneux où la terre saturée regorgeait d'humidité.

Simon décida de faire halte et se réfugia dans un de ces petits abris nichés au creux d'un mur que les anciens, pleins de prévoyance, construisaient pour se protéger de la pluie ou pour ranger leurs outils avant de remonter au mas. Le lieu était étroit et ne lui permettait pas de s'allonger. Il s'y installa néanmoins tant bien que mal, les jambes repliées, assis sur une bâche imperméable qu'il avait pensé à apporter.

La nuit tombée, il alluma sa torche électrique, découvrit avec déplaisir les toiles d'araignées qui tapissaient le plafond, fit place nette et finit par s'assoupir.

17

Dixième jour
Mercredi 15 septembre 2060, 6 h 45
Saint-Jean-de-l'Orme, Cévennes

La nuit qui succéda au départ de Simon, Lise ne trouva pas le sommeil. Ils étaient rarement séparés. Le vide autour d'elle la glaça. Alice et Jonathan étant couchés, elle ressentit le froid de la solitude, cette terrible impression de ne plus compter pour personne.

Elle ne pouvait s'empêcher de redouter le pire. Si Simon ne revenait pas, que ferait-elle ? Jonathan était très attaché à son père. Comme beaucoup de petits garçons, il se projetait en lui et le considérait comme son héros. Quant à Alice...

Elle prit alors conscience que, privée de l'un de ses membres, sa famille n'existait plus. La force tranquille dont elle avait sans cesse fait preuve, elle la puisait dans l'amour des siens.

Le jour se levait. La maison était plongée dans un calme absolu. L'eau avait ce pouvoir à la fois d'étouffer les bruits et de permettre la perception du moindre craquement, du moindre pépiement d'oiseau, du moindre froissement d'aile.

Lise était aux aguets. Allongée sur son lit, les yeux grands ouverts, elle imaginait Simon dans sa course à travers la montagne, confronté aux plus grands périls.

Il n'a pas l'habitude de passer la nuit dehors, seul en pleine nature, songeait-elle. Où aura-t-il dormi ? N'aura-t-il pas rencontré quelque animal sauvage ?

Ses pensées vagabondaient, toutes empreintes d'appréhension.

Tandis qu'un rai de lumière s'insinuait dans la chambre par un interstice de la vénitienne, ses paupières s'alourdirent. Le sommeil l'envahissait lentement, étouffant peu à peu son inquiétude. Elle plongea dans une langueur molle et ouatée, où plus rien ne semble important.

Elle pensa soudain à ses enfants. Ils avaient besoin d'elle. Elle jaillit hors de son lit, fut aussitôt prise d'un étourdissement et vacilla avant de s'affaler sur le sol. Sa tête heurta l'angle de sa table de chevet. Elle perdit aussitôt connaissance.

Tandis qu'autour d'elle, ce matin-là, la vie renaissait, tandis que le soleil illuminait le ciel et embrasait la surface des eaux, Lise sombrait dans la nuit.

Vers midi, les enfants, que rien ni personne n'avait sortis du sommeil, se réveillèrent l'un après l'autre. Leurs yeux encore mi-clos avaient peine à demeurer ouverts, tant la clarté les éblouissait malgré les rideaux fermés du lanterneau. Leur chambre, sommairement aménagée à côté de celle de leurs parents, jouxtait la partie du grenier restée en l'état, là où avait été découverte la tente de camping mangée par les rats.

Assis dans son lit, les cheveux ébouriffés, Jonathan tendit l'oreille, sans prendre conscience de la luminosité inhabituelle qui inondait la pièce. Alice, de son côté, ne bougeait pas. Les lucioles qui se déplaçaient au plafond attirèrent son regard et l'amusèrent. Elle ne prêta pas attention à son frère, qui semblait de plus en plus intrigué.

— Écoute, Alice, tu n'entends rien ?
— Si, le silence ! Comme d'habitude !
— On dirait des petits cris aigus...
— Tu délires ! Tu as vu l'heure ? Il est midi ! Maman a oublié de nous réveiller.
— C'est toujours ça de gagné. Mais je t'assure, j'entends une sorte de couinement.
— Arrête de dire des bêtises. Levons-nous. Tu n'as pas remarqué que la chambre est tout illuminée ce matin ?
— T'as raison. Je crois qu'il ne pleut plus.

Les deux enfants se juchèrent sur leur lit et ouvrirent le rideau de la fenêtre de toit. Ébahis, joyeux, ils sautèrent sur le plancher et filèrent retrouver Lise dans la pièce voisine.

— Maman, maman ! La pluie a cessé ! Il fait un temps superbe !

Alice stoppa net dans l'encadrement de la porte en découvrant sa mère allongée sur le sol, inerte. Intriguée, elle s'approcha et lui passa avec inquiétude la main sur le front sans remarquer la petite flaque de sang sous sa tête.

— Maman, réveille-toi, insista Alice, il ne faut pas rester couchée quand il fait si beau. Lève-toi ! Il est déjà très tard.

Lise ne bougeait pas.

— Maman, pourquoi tu ne te réveilles pas ? Il est midi, gémit Alice, qui pressentait quelque chose d'anormal.

Lise ne lui répondit pas.

18

Dixième jour
Mercredi 15 septembre 2060, 6 h 50
Saint-Jean-de-l'Orme, Cévennes

Simon se réveilla à l'aube naissante, moulu et engourdi d'avoir dormi dans une position inconfortable. Pour la première fois depuis plus d'une semaine, le ciel au-dessus de lui était complètement dégagé. Pas le moindre nuage. Le soleil inondait la terre de sa lumière bienfaisante et annonçait des jours meilleurs.

Sur le moment, il crut sortir d'un rêve. Mais il se rendit vite à l'évidence. Non seulement la pluie avait cessé, mais la chape nuageuse s'était dissipée. La nature s'éveillait comme au premier jour de la Création et, malgré la saison, la sève remontait déjà des racines ankylosées.

Était-ce la fin du cauchemar ?

Simon se remit aussitôt en route.

Je touche au but, pensa-t-il, en descendant les terrasses les unes après les autres.

La plupart étaient envahies par les buissons et les ronces et il n'était pas facile de s'y frayer un passage. À l'aide de sa machette, il débroussailla les endroits les plus inextricables et parvint ainsi à s'extraire de cette flore sauvage. Empruntant avec prudence les escaliers bâtis dans l'épaisseur même des murs, il admira au passage le travail et la patience des anciens. En des temps immémoriaux, ils avaient édifié ces murailles pour retenir la terre qu'ils remontaient sur leur dos dans des corbeilles en éclisse de châtaignier. C'était souvent le seul bien précieux qu'ils possédaient pour assurer leur existence.

Le vallon n'était plus très éloigné.

Simon fit le point sur sa carte. Selon ses estimations, un kilomètre l'en séparait. Fébrile à l'idée de retrouver la civilisation, le village, des hommes et des femmes, il se hâta vers ce qu'il espérait être son salut.

Devant lui se dressait un petit promontoire surplombant la vallée tant attendue. D'un pas alerte, il en commença l'ascension afin de mieux apprécier la distance qui lui restait à parcourir. Sous ses pieds, la roche schisteuse glissait, humide malgré le soleil qui la réchauffait et lui donnait mille reflets dorés.

Parvenu au sommet, il s'arrêta, le souffle coupé, les yeux écarquillés. Sa gorge se noua. Une impression de vide l'envahit, le privant de toute réaction.

— Ce n'est pas possible ! s'exclama-t-il à voix haute, totalement atterré. Ce n'est pas possible, tout ça pour rien !

À ses pieds, à quelques centaines de mètres seulement, l'eau s'étendait à perte de vue, calme, profonde, incontournable et mystérieuse. Le vallon avait été inondé comme celui où habitaient les Jourdan. Le village était inaccessible. Lui aussi était cerné par les flots. Il n'y avait aucun moyen de l'atteindre.

Simon reprit ses esprits. La montagne qu'il avait traversée était devenue une île au milieu d'un océan.

Et son mas un îlot isolé.

Le soleil resplendissait au-dessus de l'étendue liquide. Le paysage était beau. Désespérément beau. Pour un peu, Simon se serait extasié et aurait rêvé devant tant de splendeur, devant cette immensité immaculée. Mais, au fond de lui, il maudissait ce ciel et cette terre, cette puissance d'en haut qui semblait se moquer des hommes. Pourquoi tant d'acharnement ? Pourquoi un tel châtiment ? fulminait-il.

Anéanti par sa déconvenue, il décida de s'en retourner. Un profond découragement l'avait envahi. Comment apprendrait-il la nouvelle à Lise ? Il l'avait trouvée si fragile au moment de son départ. Comment réagirait-elle ? Que deviendraient-ils, tous les quatre ?

Il emprunta à rebours le chemin qu'il avait parcouru la veille. Sa mémoire lui faisant parfois défaut, il s'égarait par endroits, en traversant un fourré ou à la croisée de plusieurs sentiers, ce qui l'obligeait à revenir en arrière et lui faisait perdre des heures précieuses. Sous la canopée, la lumière pénétrait peu, l'humidité était partout omniprésente. Il reconnut les empreintes de pas qu'il avait laissées à l'aller. En certains endroits, elles se mêlaient à celles de sabots qu'il attribua à des sangliers qui avaient dû suivre le même chemin et mélanger leurs traces aux siennes.

16 h 30

Le temps pressait, car le jour déclinait. Dans le ciel, quelques nuages cachaient les derniers rayons du soleil. La lumière faiblissait. Il lui faudrait passer une seconde nuit à la belle étoile, cette fois sans l'abri d'un muret.

Il ne pleut plus, Dieu soit loué ! Je m'abriterai dans un fourré ou contre un rocher. Le pire sera de retraverser l'éboulis au-dessus du torrent…

À l'idée de s'encorder à nouveau et de s'agripper tant bien que mal à la paroi rocheuse, il sentit l'angoisse le tenailler. La veille, il n'avait pas eu le temps de prendre conscience du danger. La peur, il l'avait ressentie après coup. Cette fois, il craignait que son courage et sa ténacité ne soient pas à la hauteur.

De toute façon, ce sera pour demain, s'encouragea-t-il. Ce soir il est trop tard. Après une nuit de repos, je serai en forme pour affronter le danger.

Avant la tombée complète du jour, il dénicha un endroit presque au sec et décida d'y dresser son bivouac pour la nuit. Il ramassa quelques branches mortes, les entassa, les monta les unes sur les autres et confectionna une sorte de hutte qui, crut-il, le mettrait à l'abri des intrus nocturnes. Par précaution, il tendit sa toile imperméable par-dessus. Trop courte !

Tant pis, elle me protégera quand même un peu en cas de pluie, se rassura-t-il.

Puis il reprit le même rituel que la veille au soir, prépara un frugal repas et, avant d'éteindre sa lampe électrique, jeta un coup d'œil sur sa carte afin de vérifier sa position.

Si tout va bien, je serai rentré dans l'après-midi. Lise doit se faire un sang d'encre, telle que je la connais ! Elle m'attend pour ce soir. Pourvu qu'il ne leur soit rien arrivé en mon absence !

La nuit venue, Simon se recroquevilla sur lui-même, s'emmitoufla dans la couverture de survie qu'il avait emportée et s'assoupit dans l'angoisse du lendemain.

Au mas, Lise n'avait pas repris connaissance. Les enfants, très inquiets, la veillaient en silence. Ils avaient soigné leur mère succinctement. Jonathan lui avait lavé le visage et avait posé un pansement sur la plaie qu'elle s'était faite sur la tempe en tombant. Il évita d'affoler sa petite sœur qui, elle, croyait que sa maman dormait profondément.

Au beau milieu de la nuit, des bruits furtifs réveillèrent Simon, qui n'avait trouvé qu'un sommeil superficiel. Aux aguets, il chercha instinctivement son piolet dans son sac et, retenant son souffle, tendit l'oreille.

Les bruits se précisèrent.

Quelqu'un rôde autour de la hutte, pensa-t-il. Un vagabond ou un voleur peut-être !

Saisissant le manche de son piolet à deux mains, il se préparait à se défendre quand les bruits cessèrent soudain.

Il m'épie. Il a dû m'entendre bouger et il croit que je l'ai repéré. S'il passe la tête par l'ouverture, je lui fais sa fête !

Après quelques minutes qui lui parurent interminables, Simon se détendit et osa mettre le nez dehors.

Au cœur de la nuit, seules les étoiles scintillaient dans le ciel. Pas de lune. Pas de lumière. Pas d'ombre. Le noir intégral. Une chouette rompit le silence de son hululement sinistre. Tous les autres bruits étaient étouffés par le couvert végétal.

Il avançait lentement, pas à pas, contourna son abri de fortune. Sans sa torche, il ne voyait pas où il mettait les pieds et faisait craquer les branches de bois mort. À chaque pas, il s'arrêtait, retenait son souffle, restait en position de défense, le corps tendu, les yeux grands ouverts.

Je suis certain qu'il y a quelqu'un dans les parages.

Une sueur froide lui glaçait le dos.

Avec précaution, il rentra à nouveau dans la hutte de branchage. S'empara de sa lampe électrique. L'alluma. Le faisceau de lumière inonda l'abri, traversa les interstices des parois non couvertes par la bâche et alla s'évanouir dans la profondeur de la nuit.

Il n'eut pas le temps de ressortir. Un énorme bruit rompit le silence nocturne. Un bruit de cavalcade assourdi par la terre lourde et humide. Un bruit de sabots au galop. Incapable de réagir, Simon demeura sans bouger, son piolet dans une main, sa torche dans l'autre. Il ne vit pas venir l'ouragan qui souffla son misérable refuge. Il entendit seulement les grognements qui accompagnaient l'assaut. En un éclair, la cabane fut saccagée. Les branches volèrent en éclats. Simon fut renversé. Traîné sur plusieurs mètres.

À moitié groggy, effaré mais apparemment indemne, il mit quelques secondes à retrouver ses esprits. Il tenait encore sa lampe électrique. Assis au milieu des débris, complètement tétanisé, il éclaira la scène qui l'entourait et eut juste le temps d'apercevoir l'arrière-train de plusieurs sangliers disparaître dans les fourrés. Les animaux, dérangés dans l'obscurité qui leur était familière, avaient pris peur et s'étaient rués sur la hutte, tête baissée, attirés par la lumière artificielle de la torche. Ils avaient tout dévasté sur leur passage. Simon en fit tristement la constatation, heureux cependant de s'en être sorti à si bon compte. À côté de lui, sa carte était inutilisable, son sac à dos éventré, sa toile imperméable déchirée et accrochée en lambeaux aux premières branches d'un buisson.

Il ne lui restait plus qu'à se calfeutrer contre un arbre et à attendre, tant bien que mal, que le jour se lève.

Le monde entier était la proie de pluies diluviennes. Les régions littorales étaient en état d'alerte. Les autorités locales n'attendaient qu'un signal de leurs gouvernements pour déclencher de vastes opérations de secours. Tous étaient sur le qui-vive. En France, maires et préfets de région tenaient réunions sur réunions avec leurs équipes dans la plus grande discrétion. Les radios et les télévisions informaient en permanence les populations. Les habitants croyaient à une catastrophe passagère et s'apprêtaient à se replier momentanément vers l'intérieur, chez des parents, des amis, ou simplement vers les lieux et les locaux mis à leur disposition par l'administration. Des plans d'urgence de déplacements prévoyant itinéraires, jours et horaires par secteurs géographiques avaient été largement diffusés. Déjà les zones les plus sensibles avaient bénéficié des premières mesures d'évacuation.

19

Onzième jour
Jeudi 16 septembre 2060, 6 h 30
Saint-Jean-de-l'Orme, Cévennes

Au petit matin, transi d'humidité, Simon sortit lentement de sa léthargie. L'œil glauque, il avait peine à émerger de sa nuit mouvementée. Pour la seconde fois, il avait l'impression de sortir d'un mauvais rêve, tant la situation lui paraissait invraisemblable. Pendant quelques courtes secondes, il se demanda ce qu'il faisait là, seul dans la forêt, avec une couverture de survie pour toute protection.

Pourquoi Lise n'était-elle pas à ses côtés ? Où étaient les enfants ? Et lui, pourquoi était-il ainsi harnaché au milieu des bois ? Pourquoi toutes ces égratignures sur ses bras et son visage ?

La vue du sang sur sa cuisse à travers son pantalon déchiré lui rappela l'incident de la nuit et le remit sur les rails de la réalité.

Les sangliers ! Bon sang, quelle charge ! se dit-il. Je l'ai échappé belle !

Il examina ses blessures à la lumière du jour. Lors de l'accident, il ne s'était pas rendu compte des blessures que les bêtes, folles de peur, lui avaient occasionnées.

Sa cuisse droite était toute labourée d'estafilades. Les lambeaux de son pantalon s'étaient collés au sang asséché. Délicatement, il enleva les morceaux de tissu et nettoya la plaie en piochant dans sa trousse de secours, retrouvée intacte au pied d'un arbre.

Il faudra que je me fasse une piqûre en arrivant, songea-t-il, sans s'inquiéter davantage.

Accaparé par ses pensées, il avait à peine pris conscience que la pluie s'était remise à tomber en crachin. Le ciel était plombé à nouveau d'une lourde chape menaçante et commençait à se déverser lentement.

Simon reprit sa route. Il boitait à cause de sa blessure et s'était muni d'un bâton pour s'aider à marcher. Couvert de boue et de sang, les vêtements déchirés, cheveux hirsutes et barbe de trois jours, il avait l'apparence d'un homme des bois sorti de sa tanière. Sa jambe le torturait. À chaque pas, des élancements aigus lui montaient jusqu'à l'aine.

Décidément, se moqua-t-il de lui-même, je n'ai pas l'étoffe d'un aventurier !

L'éboulis s'épandait devant lui. Toujours aussi furieux, le torrent grondait en contrebas, fracassant ses eaux boueuses contre les blocs rocheux détachés de la montagne. Le bruit assourdissant et le brouillard de gouttelettes qui s'en échappait rendaient le passage terrifiant. La paroi glissait. Heureusement, les pitons que Simon avait plantés l'avant-veille y étaient encore solidement accrochés. Cela le rassura.

De toute façon, il n'y a pas moyen de faire autrement ! s'encouragea-t-il.

Pour être plus leste dans son déplacement, il se débarrassa de son sac à dos. Puis il commença à se cramponner. Lentement, avec la minutie et la précision de l'alpiniste qu'il n'était pas, il posait la pointe des pieds sur les aspérités de la roche, s'agrippait des doigts aux étroites fissures et progressait ainsi, centimètre par centimètre, en évitant de regarder le vide sous lui. Certes, sa corde et ses mousquetons le rassuraient. Mais, au beau milieu du passage, il fut soudain pris de panique. Une peur incontrôlable, qui paralyse sans crier gare au moment même où l'on ne s'y attend pas. Réveil brutal de la conscience face au danger. Il perdit rapidement toutes les forces qu'il avait emmagasinées pour franchir l'obstacle.

Il se plaqua à la paroi, immobile, le corps trempé d'une sueur froide dont les gouttes lui coulaient dans les yeux et lui brouillaient la vue. Il n'osait plus bouger les mains ni opérer le moindre déplacement des pieds. Prenant appui sur sa jambe valide, il relâcha sa cuisse meurtrie et resta ainsi de longues minutes, complètement pétrifié. Pour se détendre, il pratiqua la respiration abdominale de ses séances de qi gong et tenta de méditer quelques secondes, en se déconnectant de la réalité.

Alors, mille pensées lui traversèrent l'esprit, vidé de sa substance.

Retour en arrière. Flashs sur les enfants, le mas, les jours heureux, Lyon, le journal, sa première rencontre avec Lise, sa jeunesse, la maison de ses parents… Toutes les images du kaléidoscope de sa vie défilaient sur l'écran noir de sa frayeur. Le monde resplendissait de soleil et de gaieté. Tout était comme avant. Il était sorti de son cauchemar, de cette nuit où la pluie avait commencé et n'avait plus jamais cessé, de ce jour où le mas était devenu comme un bateau à la dérive.

Il allait se réveiller et se retrouver dans son lit, à côté de Lise, rassuré par sa présence. Comme tous les jours, il entreprendrait le tour du propriétaire avant de s'isoler dans son bureau et de se mettre à écrire. Comme tous les matins, les enfants viendraient le déranger gentiment et Lise lui apporterait une tasse de café fumant qui embaumerait la pièce.

Simon adorait ces petits détails du quotidien, ces petits riens anodins qui jalonnaient son existence et la paraient du charme discret d'une vie pleine, riche de mille saveurs intimes qu'il appréciait à leur juste valeur.

Il rouvrit subitement les yeux. Il crut encore à cet instant précis qu'il trouverait Lise à ses côtés.

Quelle déconvenue ! Il était toujours collé à la paroi rocheuse, dressée au-dessus de lui dans sa masse grise et granuleuse. Il se faisait l'effet d'être le héros d'un film catastrophe. Il allait devoir assumer son rôle jusqu'au bout ! Le scénario était plein de rebondissements, et lui, Simon, n'était assurément pas au bout de ses peines.

Qui a dit que la vie est un long fleuve tranquille ? maugréa-t-il en tentant de se ressaisir. Il devait affronter la situation sans plus tergiverser, se montrer fort dans l'adversité. Il s'imagina en héros, Hercule des temps modernes confronté à différents exploits à réaliser.

Après avoir vaincu la horde des sangliers sauvages, le voilà en train de traverser le passage des Enfers avant d'aller libérer sa belle de l'Hydre des profondeurs !

Courage, Simon, rien n'est impossible pour qui veut vivre ! s'exhortait-il pour ne pas sombrer dans l'impuissance.

Sortant de ses pensées ankylosantes, dans un ultime sursaut d'énergie, il reprit sa marche en avant. Petit à petit, ses doigts se détendirent. Ses pieds cherchèrent de nouvelles prises où se poser. Mètre après mètre, il chemina vers la délivrance.

Une fois hors de danger, il se retourna et, d'un air dubitatif, lança, à voix haute pour rompre son propre silence :

— Si Tu existes, là-haut, merci !

20

Onzième jour
Jeudi 16 septembre 2060, 12 heures
Saint-Jean-de-l'Orme, Cévennes

Il était midi. Le soleil se cachait derrière la masse nuageuse qui avait reconquis l'horizon. L'embellie avait été de courte durée, une simple éclaircie entre deux dépressions. Les hommes avaient commencé à espérer. Leur déception était à l'aune de leurs attentes. Les cœurs étaient à nouveau plongés dans la tristesse et les esprits dans l'inquiétude. À force de souhaiter la pluie, n'avait-on pas provoqué le déluge final ?

La pluie en effet redoublait. La plaine inondée s'étendait au pied des montagnes, vaste et morne, grise et fumante, tel un océan aux contours incertains, à l'horizon infini.
De-ci, de-là, des môles de survie émergeaient, dérisoires promontoires où grouillaient, entassées, emmêlées, imbriquées, des fourmilières humaines venues des quatre coins de cet univers aquatique. Chacun tâchait de rebâtir son propre microcosme. Ainsi un monde cellulaire, construit de limites, de partages, de droits et de devoirs, de solidarité et d'inévitables

égoïsmes, surgissait des eaux. Nouveau monde issu d'une Atlantide disparue. Nouvelle humanité échappée d'un séisme.

La redistribution des populations sur la Terre recommençait. À ce profond mouvement qui les avait entraînées vers les littoraux au climat plus hospitalier succéderait bientôt un reflux vers les plus hautes terres désertées, jugées jusque-là trop arides ou trop éloignées des grandes métropoles et des axes majeurs de circulation.

Il faudrait remettre en valeur les plaines intérieures jadis greniers à blé de la planète, redresser les murs éboulés, détruire les ronciers et les taillis, éclaircir les forêts de chênes verts qui avaient gagné partout où le paysan avait cessé de se pencher sur la glèbe. Il faudrait ressortir les pelles et les pioches, les charrues et les bêches, les houes et les fléaux, afin d'extraire du sol la nourriture de toute une humanité sinistrée.

Si les mégapoles disparaissaient dans les eaux, si la modernité ne pouvait se sauver elle-même, il faudrait bien alors accepter ce retour aux sources de toutes les civilisations.

Dans l'attente d'une telle éventualité, chacun espérait encore échapper à son destin, les yeux rivés sur un ciel désespérément lourd et menaçant.

Et si telle était la fin du monde ?

Dans le mas des Jourdan, Alice et Jonathan ne pensaient pas à la fin du monde. Ils veillaient leur maman avec beaucoup d'attention.

— Ne t'inquiète pas, Alice. Si maman était morte, son corps serait froid et engourdi. Elle respire lentement, mais elle respire !

Prudent dans ses affirmations, Jonathan tâchait de rassurer au mieux sa sœur.

Celle-ci ne parvenait pas à dissimuler ses craintes :
— Pourquoi ne se réveille-t-elle pas ? Elle ne nous entend pas, de là où elle est ?
— Je ne sais pas. Elle nous entend peut-être mais n'arrive pas à sortir de son sommeil.

Le jeune garçon se trouvait investi d'un nouveau rôle, d'une charge que bien des aînés assument naturellement quand ils se retrouvent seuls en charge de leur fratrie. Il se sentait soudain responsable d'Alice et s'occupait d'elle autant pour lui remonter le moral que pour lui indiquer les tâches à effectuer en l'absence de leurs parents. Tous deux, conscients des difficultés, s'étaient organisés dans l'attente du retour de leur père.

Son absence prolongée les angoissait. Mais ils évitaient d'en parler afin de ne pas se décourager et de sombrer dans le désespoir et l'apathie. Alice cependant ne cessait de questionner son frère :

— Tu ne crois pas qu'il lui est arrivé quelque chose de grave ? Il devrait être de retour depuis hier soir !
— Je suis sûr qu'il reviendra aujourd'hui. La montagne est vaste. Peut-être a-t-il trouvé du secours et nous le verrons bientôt rentrer avec des sauveteurs.
— Je n'y crois pas. Je pense comme maman, nous sommes seuls et ils nous ont oubliés !
— Papa va revenir avec de l'aide ! Il faut y croire.

Rompu autant par la douleur que par la tension qu'il avait éprouvée lors du passage de l'éboulis, Simon approchait du terme de son périple. Seul le désir intense de serrer Lise et les enfants dans ses bras lui avait donné le courage nécessaire pour tenir. Il avait perdu beaucoup de sang. Sa blessure s'était rouverte pendant sa marche. Affaibli, affamé, il ne rêvait que d'une chose : un bain chaud et un repas revigorant. Après cela, pensait-il, une bonne nuit suffirait pour le retaper. Mais il savait que cet espoir ne pouvait pas entièrement se réaliser.

Sous le bandage improvisé qu'il s'était confectionné coulait insidieusement un étrange liquide jaunâtre.

La clède n'était plus qu'à quelques centaines de mètres. Le terrain descendait à travers la futaie de chênes. Puis les terrasses réapparurent, dernières marches avant le vallon.

Simon arrivait au terme de son périple et s'attendait à voir surgir ses deux animaux remis en liberté. Le vallon baignait dans une atmosphère opaque. L'humidité était partout présente, dans l'air, dans la terre, sous les feuilles, sous les pierres. La nature n'était plus qu'un vaste cloaque où l'eau était redevenue l'élément premier de la vie.

Un vif élancement l'arrêta dans sa course. S'adossant contre un arbre, il reprit haleine. Sortit une cigarette et chercha un moment de réconfort dans les volutes âcres du tabac. La fumée l'emporta pendant quelques fractions de seconde loin de ce monde irréel et pourtant si présent qui l'entourait. Loin de son calvaire qui, espérait-il, touchait à sa fin. Encore quelques minutes de courage et il retrouverait Lise et les enfants.

Du haut des premières terrasses, il scruta le paysage qui s'enfonçait progressivement dans les eaux. La chèvre et la brebis ne l'avaient pas entendu arriver. Un étrange pressentiment s'empara de lui. Une impression qu'il s'était passé quelque chose d'anormal.

Il descendit un à un les degrés de pierre sèche, en accomplissant de grands détours afin d'emprunter les escaliers qui en assuraient la liaison. Il longea un large muret pour déboucher au-dessus de la clède. Son cœur battait d'émotion à l'idée de revoir le mas.

Parvenu juste au-dessus du toit, il ne put contenir sa déception et s'exclama à voix haute :

— Merde ! J'en étais sûr. L'eau a encore monté.

Le séchoir à châtaignes en effet était à moitié noyé. La barque heureusement était toujours arrimée par sa corde à un anneau de métal scellé dans un mur. Il l'utiliserait pour regagner le mas.

Il regarda dans sa direction. Rien d'alarmant, l'eau n'atteignait pas le niveau supérieur.

Tranquillisé à l'idée que Lise et les enfants ne couraient aucun danger, il appela en sifflant la chèvre et la brebis qui, croyait-il, avaient sans doute trouvé refuge un peu plus haut, la clède étant devenue totalement inaccessible pour elles.

Bizarre ! Où peuvent-elles bien être ? D'habitude, elles auraient déjà accouru vers moi.

Il se mit aussitôt à la recherche des deux animaux perdus et, malgré sa jambe douloureuse, arpenta les faïsses de long en large. Rien. Aucune trace des deux bêtes.

Elles ont dû se réfugier plus loin à l'orée de la forêt...

Hésitant, étant donné l'heure avancée de l'après-midi, il décida cependant d'aller inspecter les premiers sous-bois. Après de vaines recherches, il remarqua une traînée rougeâtre dans les feuilles mordorées qui tapissaient le sol. Il s'approcha, inquiet, ramassa une feuille.

Du sang ! Pourvu que...

Il suivit les traces qui s'enfonçaient dans un fourré, et, écartant les branches de son bâton, s'arrêta net, horrifié. La pauvre chèvre gisait à ses pieds, éventrée, déchiquetée, à moitié dévorée. Seule sa tête était intacte, la bouche grande ouverte au-dessus d'une plaie béante qui labourait sa gorge. Un peu plus loin, la brebis, dans le même état, était étendue dans une mare de sang que le sol détrempé n'avait pas pu éponger.

Simon resta un moment étourdi par l'affreux spectacle. Puis, se penchant sur le cadavre de la chèvre, il examina les marques de son cou.

Pas de doute, se dit-il, seuls des loups sont capables d'un tel carnage. Des loups, ici ! D'où peuvent-ils venir ?

Ramassant quelques branches mortes, il entreprit de recouvrir les malheureuses dépouilles afin de leur offrir un semblant de sépulture. Enfin, se ravisant, il décida de gagner le mas.

21

Onzième jour
Jeudi 16 septembre 2060, 17 heures
Saint-Jean-de-l'Orme, Cévennes

À l'intérieur du mas, les enfants n'avaient pas entendu leur père arriver. Jonathan lisait dans un coin, tandis qu'Alice veillait sa mère, assise sur le lit dans lequel Lise demeurait sans bouger depuis plus d'une journée. Elle gardait le regard rivé sur sa mère, épiant le moindre frémissement de ses lèvres, le moindre battement de ses cils. Elle lui prenait régulièrement la main, qu'elle reposait délicatement après l'avoir caressée, réchauffée. Elle ne comprenait pas pourquoi sa maman les avait abandonnés au moment où ils avaient le plus besoin d'elle. Jonathan avait bien tenté de la rassurer en lui fournissant toutes les explications qu'un petit garçon de son âge était capable de donner. Mais il n'était pas parvenu à la tranquilliser. Au reste, lui-même essayait de ne pas trop y penser, sous peine de céder à la panique.

— Papa va bientôt rentrer et il saura quoi faire.

— Il n'est pas médecin ! Si maman est en train de mourir, il ne pourra rien pour elle.

— Maman ne meurt pas. Elle n'est pas malade. Elle s'est blessée en tombant. Maintenant, elle dort.

Simon abordait le mas. Il arrima sa barque à un mur et appela afin qu'on vienne le recueillir.

— Tu entends, Alice ? C'est papa. Il est de retour !

— Il va pouvoir soigner maman. Il va la réveiller, n'est-ce pas ?

Les deux enfants ouvrirent aussitôt le lanterneau et poussèrent des cris de joie.

— Papa, papa, nous sommes là ! Entre vite !

Simon grimpa péniblement sur le toit en se tenant à une gouttière. Sa jambe le faisait terriblement souffrir mais, une fois à l'intérieur, il oublia sa douleur et se jeta dans les bras de ses enfants.

— Qu'il est bon de rentrer chez soi, mes chéris ! Comme je languissais de vous revoir ! Et maman, où est-elle ?

— Elle est couchée, expliqua Jonathan.

Alice s'agrippa à son père, l'attira vers le lit où Lise reposait et fondit en larmes.

— Elle n'a pas ouvert les yeux depuis hier matin. Dis-nous, papa, maman n'est pas morte ? Elle respire, n'est-ce pas ? Je ne veux pas qu'elle soit morte !

— Calme-toi, Alice. Calme-toi.

Atterré, Simon tranquillisa d'abord les enfants et prit immédiatement la situation en main. Il s'approcha de Lise, s'étonna :

— Maman est blessée ? Que lui est-il arrivé ? Et ce pansement...

— Elle s'est fait mal en tombant, répondit Jonathan. On l'a soignée comme on a pu. Mais, depuis, elle ne s'est pas réveillée !

Simon embrassa Lise sur la joue, demeurant un instant penché sur elle, le visage niché au creux de son épaule, la bouche près de son oreille.

— Lise, tu m'entends. C'est moi, Simon. Je suis revenu. Nous sommes tous là. Tout va bien. Réveille-toi.

Lise ne bougeait pas.

— Qu'est-ce qu'elle a ? demanda Jonathan.

— Si je le savais ! Que s'est-il passé ? Racontez-moi.

Jonathan tenta une explication :

— Maman a dû tomber. Elle s'est fait mal à la tête. Quand nous l'avons découverte, elle ne bougeait plus. On l'a remise dans son lit et on l'a soignée comme on a pu...

Intrigué, Simon cherchait à comprendre, mais devait se rendre à l'évidence : Lise semblait plongée dans une sorte de coma dû à sa chute.

— Maman est vivante. Ne vous tourmentez pas pour cela. Elle respire, sa température est normale. Elle finira bien par se réveiller. En attendant, il faut continuer à vivre comme avant. Je suis sûr que les secours arriveront bientôt.

22

Douzième jour
Vendredi 17 septembre 2060, 9 heures
Saint-Jean-de-l'Orme, Cévennes

Les bourrasques projetaient une pluie cinglante sur les murs de la vieille bâtisse. Celle-ci tenait bon. Ses fondations étaient solides, mais l'humidité commençait à monter insidieusement dans les joints de chaux qui scellaient entre elles les grosses pierres grises. La fissure du pignon que Simon avait remarquée avant son départ s'élargissait petit à petit. Le ciment, miné par l'eau, s'effritait et tombait, rendant visible ce qui ressemblait à un coup de sabre porté dans la façade aveugle.

Parfois, au-dehors, la tempête s'atténuait. Mais l'apaisement apparent, qui succédait à la tourmente, ne rassurait pas. Le mas transmettait chaque bruit, chaque craquement, comme un nouveau message menaçant, l'annonce d'un nouveau danger.

Peu à peu, le ciel se dégagea. Personne ne s'y trompa. Entre deux dépressions, l'accalmie était toujours de courte durée. Toutefois les faibles rayons du soleil, inondant la pièce où ils s'étaient réfugiés par l'ouverture du lanterneau, redonnaient vie à la maisonnée sinistrée et courage à ceux qui persistaient à survivre.

Simon était étendu au côté de Lise. Il avait installé un matelas sur le sol, au pied de son lit, afin de veiller sur elle sans la déranger. Exténué par sa course folle dans la montagne, il se réveilla néanmoins plusieurs fois pour surveiller son état. Au lever du jour, quelque chose lui frôla le visage, sans pour autant le sortir totalement de sa léthargie. Dans son demi-sommeil, il pensa que Lise lui caressait la joue. Il ne savait plus s'il était dans son lit ou allongé par terre à côté d'elle. Étrange sensation, celle de l'éveil juste au sortir de la nuit, quand le rêve et la réalité sont encore entrelacés et brouillent la clairvoyance de l'esprit !

Lise ! Elle reprend conscience, songea Simon, qui eut soudain l'impression de sentir sa main dans sa chevelure ébouriffée.

Il se retourna. Ouvrit les yeux. Et, à son grand désespoir, ne vit pas le bras de Lise au-dessus de lui.

Pourtant, il était certain d'avoir senti une sorte de caresse, un frôlement qui l'avait sorti du sommeil.

Instinctivement, il se redressa. Regarda autour de lui. Aperçut, enfin, filant dans l'entrebâillement de la porte, une forme grise, prolongée d'une queue effilée.

— Un rat ! s'écria-t-il à voix haute, sans dissimuler sa répugnance.

Une fois les enfants réveillés, il décida d'aller inspecter les pièces encore accessibles du mas. Il craignait en effet que l'animal ne soit pas un cas isolé.

— Avez-vous entendu des grignotements ou des bruits bizarres pendant mon absence ? leur demanda-t-il.

— Non, répondit Alice, intriguée par la question de son père. Pourquoi, il se passe quelque chose ?

— Rien de grave. J'ai cru voir une bestiole s'échapper par la porte.

— Moi, j'ai entendu des petits cris, des couinements, intervint Jonathan. À quoi tu penses ?

— À rien, dit Simon, qui ne voulait pas apeurer ses enfants inutilement. J'ai dû rêver ! Néanmoins, ce matin, j'irai visiter l'intérieur du mas.

— Je viens avec toi !

— Non, Jonathan. Je préfère que tu restes avec ta sœur. Si maman se réveille, il faut que vous soyez tous les deux à ses côtés. Je compte sur vous.

— OK, on a compris. Alice, chacun à son poste !

Jonathan prenait très au sérieux son rôle de grand frère. Il savait sa mère en danger et avait conscience que les hommes de la maison avaient la charge de protéger, de surveiller, de maintenir le moral. Aussi veillait-il à ce qu'Alice ait toujours l'esprit occupé. Il la distrayait, lui faisait réciter ses leçons, l'aidait à ses devoirs. Il était persuadé que le mauvais temps cesserait bientôt et que sa mère se réveillerait d'un moment à l'autre.

— Je vais commencer par le grenier, avertit Simon. Puis je visiterai l'appartement, qui doit être au moins sous quarante centimètres d'eau, si je ne me trompe pas.

— Tu vas te tremper !

— J'ai mes cuissardes de pêche. Je n'en ai pas pour longtemps.

Muni d'une torche électrique, Simon commença son inspection par le grenier. Puis il entreprit la descente vers l'appartement.

Il ne s'y était pas aventuré depuis que l'inondation les avait chassés sous le toit. Aussi craignait-il de découvrir quelques dégâts irréparables. L'eau avait atteint les prises murales et provoqué un court-circuit à ce niveau. Privé de lumière, l'escalier s'enfonçait dans l'obscurité et plongeait dans un abysse sans fond. La surface miroitait étrangement dans les ténèbres, sous le morne éclairage de la lampe torche.

Parvenu en bas de la rampe étroite, Simon se retrouva dans l'eau à mi-cuisse.

La porte du bas était fermée. Il hésita un instant. Colla une oreille. Rien. Il n'entendit rien. Pas même un souffle. Lentement, sans bruit, il actionna la poignée en la retenant fermement dans sa main. S'arrêta quelques secondes. Puis il poussa la porte en prenant soin de ne provoquer aucun remous, aucun clapotement. Il la referma aussitôt derrière lui, avec les mêmes précautions. La salle de séjour était plongée dans la pénombre, les volets étant mi-clos. Simon balaya l'espace du faisceau de sa lampe et fendit avec précaution la surface de l'eau. Celle-ci se mit à frémir.

La pièce, submergée, où rien n'avait bougé depuis des semaines, n'avait plus d'âme. Elle semblait figée, telle une tombe, une sépulture abandonnée aux odeurs de moisissure et de pourrissement. Simon avait peine à imaginer que la masse liquide qui s'étalait sous ses yeux s'étendait aussi de l'autre côté des murs, à l'extérieur et à l'infini.

Rien ne semble anormal, pensa-t-il en faisant le tour de la pièce.

Toutefois, l'humidité commençait à monter le long des murs et touchait presque le plafond. Elle traverserait bientôt la dalle et atteindrait la base du grenier.

Les chambres, qui donnaient toutes sur le séjour, étaient fermées. Simon se dirigea vers l'une d'elles et, tout aussi prudemment, l'ouvrit en retenant son souffle. Les lits des enfants baignaient dans quarante centimètres d'eau. Seules en émergeaient les parties hautes des cadres.

Heureusement que les enfants ne voient pas leur chambre dans cet état ! pensa-t-il en repoussant aussitôt la porte derrière lui.

Le silence était pesant. À l'affût du moindre frémissement de l'eau, à chaque pas, Simon s'attendait à rencontrer un obstacle imprévisible. L'oreille tendue, il épiait le moindre bruit. Parfois il s'arrêtait, le temps que la surface retrouve son calme et que cesse le clapotis.

Il ne restait plus que le cellier à inspecter. Simon n'avait rien trouvé d'anormal, ni dans le séjour, ni dans les chambres, ni dans la cuisine.

Derrière celle-ci, une vaste pièce aveugle servait de garde-manger et de débarras. Lise y rangeait jusque-là les conserves en bocaux dans deux petites armoires et les produits frais dans le congélateur. Une grosse porte en chêne y donnait accès, maintenant le local dans une profonde obscurité et à une température appropriée à la conservation des aliments. Il était équipé d'une grille d'aération, qui se trouvait à présent sous la surface de l'eau.

Simon ouvrit la porte délicatement et, comme précédemment, commença à éclairer l'espace de sa torche avant d'y pénétrer. Rien ne bougeait. Toutes les denrées qui avaient pu être sauvegardées avaient été transportées dans le grenier. Il ne restait presque rien. Simon entra, examina les armoires, jetant un regard inquisiteur à l'intérieur, puis s'approcha du congélateur, qui, hors service, flottait grand ouvert et vidé de son contenu.

Il y plongea son faisceau lumineux. Recula, saisi de stupeur.

L'eau n'était pas entrée. La cuve étanche avait fait office de coque insubmersible et s'était transformée en radeau de la *Méduse* pour toute une colonie de rats qui y avait élu domicile. Une nichée de ratons grouillait autour d'une grosse femelle qui, nullement effrayée par l'intrusion de la lumière, continuait à allaiter ses petits.

Écœuré, Simon referma aussitôt la porte du congélateur sur ses occupants.

Voilà d'où est venu le rat que j'ai entrevu ce matin... Je n'avais donc pas rêvé ! se dit-il.

Il s'apprêtait à quitter la pièce au plus vite, quand, tout à coup, il vit la surface de l'eau frémir autour de lui. Des rides de plus en plus resserrées se propageaient dans sa direction.

Il n'eut pas le temps d'esquiver. Il fut rapidement couvert de rats qui, entrés en force par la grille d'aération, s'agrippaient à ses jambes, tentant de le mordre à travers le caoutchouc de ses cuissardes. Plusieurs d'entre eux s'accrochèrent à ses vêtements. Il eut beau se débattre, utiliser sa torche pour mieux les étourdir de coups, les saisir de sa main libre pour les rejeter aussitôt à l'eau, il ne parvenait pas à les repousser tous.

Des dizaines de rats de toutes tailles avaient envahi le cellier, courant partout sur les murs, sur le haut des meubles, au plafond, d'autres nageant dans l'eau souillée pour rejoindre leur proie.

Malgré leurs morsures répétées, Simon continuait de se défendre et d'avancer, au milieu des couinements aigus qui déchiraient les ténèbres.

Parvenu il n'aurait su dire comment dans le salon, il prit subitement conscience de ce qui arriverait s'il entraînait les rongeurs à sa suite.

Alors, sans réfléchir, il se jeta à l'eau. Une meute, une horde de bêtes immondes comme assoiffées de sang grouillait sur lui. Tels des piranhas affamés, les rats mirent en charpie ses vêtements, s'agrippant à ses cheveux, déterminés à lui dévorer les yeux, à lui ronger la peau.

Simon ressentait les morsures comme autant de coups de sabre. Il abdiqua. Ne plus lutter. Se laisser flotter, se donner en pâture…

Lise, Alice, Jonathan ! Éclair dans son esprit sur le point de quitter son enveloppe charnelle. L'abandon n'avait duré que quelques secondes.

Dans un ultime sursaut, Simon se redressa, sortit son corps de l'eau, s'ébroua et lança un hurlement fracassant à ébranler les murs de la vieille bâtisse. Les rats, surpris, lâchèrent prise et dans l'affolement général, mus par l'instinct de survie, filèrent dans toutes les directions, délaissant pour un temps leur victime promise.

Sans plus attendre, Simon ouvrit la porte donnant sur l'escalier, la tira au plus vite derrière lui, puis demeura un instant cloué au chambranle pour reprendre haleine et se remettre de ses émotions.

Ses esprits revenus, il se hâta de grimper les marches menant au grenier.

— Pourquoi as-tu poussé un si grand cri ? lui demanda Alice, très étonnée, en le voyant surgir.

23

Douzième jour
Vendredi 17 septembre 2060, 9 h 25
Saint-Jean-de-l'Orme, Cévennes

Simon était couvert de plaies.
Heureusement, les rats ne l'avaient pas blessé au visage. Mais le reste de son corps portait les stigmates des morsures de ses assaillants.

— Tu as mal, papa ? s'inquiéta Alice.

— C'est supportable. Je vais me désinfecter et me faire une injection contre tout risque de contamination.

— Est-ce que tu pourrais attraper la peste ? demanda Jonathan, informé de cette épidémie par ses lectures.

— La peste ! J'espère que non ! D'ailleurs, ce n'est pas avec cette piqûre que je m'en protégerais...

— Tu n'as pas de chance ! Après ton pied, puis ta jambe, maintenant les morsures de rats !

— Je crois que je ferais mieux de rester au lit !

— Ah, non ! s'exclama Alice, qui ne comprenait pas bien l'humour de son père. Tu ne vas pas t'y mettre, toi aussi ! Avec maman qui ne se réveille pas, ça suffit !

— Je plaisantais.

— Papa, comment penses-tu agir contre les rats ? insista Jonathan.

— Je n'y ai pas encore songé... mais il va falloir que je m'y mette : si on ne s'en débarrasse pas rapidement, ils proliféreront. Ils finiront par envahir le grenier.

— Nous devrons descendre habiter dans la clède ?

— Tu sais bien, Alice, que c'est impossible.

— Alors, qu'allons-nous devenir ?

— Ne perdez pas courage, les enfants, j'ai une idée...

Une fois le matériel réuni, Simon se mit en devoir de confectionner des torches avec du papier journal et des chiffons imbibés d'huile. Puis il entreprit de délayer d'étranges tablettes bleutées dans de grands récipients, sous les regards ébahis de ses enfants.

— Que fais-tu, papa ?

— Voilà mon plan. Nous allons concocter une solution empoisonnée avec cette mort-aux-rats que j'avais soigneusement conservée au grenier. Je verserai cette mixture dans l'eau qui stagne en bas. Puis j'allumerai ces torches. La fumée chassera les rats, qui se précipiteront dans l'eau. Et là, ils s'empoisonneront à coup sûr. Nous en serons ainsi débarrassés...

— Génial ! s'exclama Jonathan.

— Comment entreras-tu de nouveau dans le salon sans te faire mordre ? s'inquiéta Alice.

— Je me couvrirai de plusieurs couches d'habits. Les rats n'auront pas le temps de me blesser. Allez, assez bavardé ! Mettons-nous au travail.

Au fond de la pièce, un craquement, qui passa inaperçu. Pris par leurs préparatifs, Simon et les enfants n'avaient pas entendu le lit de Lise bouger.

— Il ne me reste plus qu'à m'habiller. Alice, Jonathan, apportez-moi tous les vieux vêtements du coffre !

Emmitouflé sous trois épaisseurs de tissus, la tête protégée par un antique casque de moto, Simon, les torches à la main, commença à descendre l'escalier. Faisant le va-et-vient, il déposa les récipients empoisonnés sur les dernières marches et, après avoir donné ses ultimes recommandations aux enfants, s'apprêta à ouvrir la cage aux fauves.

Il tendit d'abord l'oreille. De l'autre côté, il perçut un bruit sordide de couinements et de clapotements. Un frisson glacial le paralysa quelques secondes. Il hésita un instant, la poignée de la porte dans la main. Puis, sans plus attendre, il se jeta dans l'arène.

Surpris par cette nouvelle intrusion, les rats ne réagirent pas sur-le-champ. La lumière aveugla ceux qui grouillaient sur les murs. La fumée les repoussa. Ils plongèrent immédiatement. Simon sentit bientôt les dents des premiers carnassiers s'accrocher à ses vêtements. Vite, il repassa la porte et s'empara des récipients qu'il déversa aussitôt dans l'eau stagnante.

Tout se déroula en moins d'une minute. Simon n'avait aucune envie de prolonger son séjour dans cet univers de cauchemar. Sitôt sa besogne terminée, il se replia dans la cage d'escalier.

Derrière lui, une épaisse fumée malodorante, dégagée par l'huile en incandescence, rendait l'atmosphère irrespirable. Dans la colonie des rats, c'était la panique générale, la débandade. Le piège fonctionnait. Le poison commençait à agir.

Tandis que Simon remontait au sec, Lise revenait à la vie. Ses paupières frémirent. Ses doigts remuèrent. Son souffle se fit plus profond.

— Nul doute, votre maman est à nouveau parmi nous, se réjouit Simon, à peine remis de ses émotions.

— Où était-elle partie ? demanda Alice, dont le visage radieux trahissait sa joie retrouvée.

— Elle seule pourra nous l'expliquer.

— Près du Bon Dieu ? Tu crois qu'elle est montée au ciel et qu'elle a rencontré papi et mamie ?

— Mais non, ma chérie. Ta maman a eu un accident. Elle est tombée dans une sorte de sommeil. Tout est terminé, maintenant.

— Regarde, papa, maman essaie d'ouvrir les yeux.

Jonathan, qui n'avait encore rien dit, observait sa mère.

— Elle va bientôt se réveiller...

— C'est sûr, elle revient à elle.

La crainte vint alors à Simon que Lise ne garde des séquelles de son choc à la tête.

— Quoi qu'il en soit, poursuivit-il, quand maman sera revenue totalement à elle, nous devrons garder notre calme. Ne la brusquons pas. Pas de questions. Agissons comme si rien ne s'était passé. Nous ignorons quelle sera sa réaction. Se souviendra-t-elle seulement de son voyage dans les ténèbres ? Pas sûr.

— Peut-être croira-t-elle se réveiller comme au sortir d'une nuit normale ?

C'est possible. Surtout, ne lui parlez ni des sangliers ni des rats ! Chaque chose en son temps.

Simon passa le reste de la journée à se cautériser, à se désinfecter, à se panser. Il brûla dans la cheminée de l'ancienne magnanerie tous les vêtements qui lui avaient servi de protection, prépara de nouvelles solutions empoisonnées en cas de besoin.

Alice, elle, ne quittait pas le lit de sa mère et surveillait tous ses mouvements, tous ses gestes d'éveil. Dans l'adversité, elle témoignait d'une patience et d'une résolution d'adulte. Seuls ses questionnements traduisaient toujours sa curiosité d'enfant et sa fraîche naïveté.

Le bilan matériel et humain de ce véritable déluge était déjà très lourd, mais on était loin de ce que certains devins, Nostradamus des temps modernes, avaient prédit, comme chaque fois qu'advenait une catastrophe.

Et comme toujours, les pays pauvres souffraient le plus de la furie des éléments. Démunis de gros moyens d'intervention et de secours, les peuples d'Afrique et d'Asie du Sud-Est avaient subi, avec un certain fatalisme, la montée inexorable des eaux. En fait, les inondations étaient davantage la conséquence du débordement des fleuves, notamment dans les régions des deltas, que de l'élévation du niveau des mers.

Par mesure de précaution toutefois, partout où les conditions le permettaient, les populations avaient été évacuées vers l'intérieur, conformément aux recommandations des gouvernements. La Maison-Blanche, la première informée de tous ces événements tragiques, avait pris dès les premières heures le leadership des opérations de sauvetage à travers le monde, passant outre les réticences de ses deux plus importants rivaux, la Chine et la Russie, qui n'avaient jamais apprécié les initiatives à grande envergure de l'Oncle Sam, fût-ce dans le cadre d'une œuvre humanitaire.

24

Treizième jour
Samedi 18 septembre 2060, 8 h 35
Saint-Jean-de-l'Orme, Cévennes

Au bout de la nuit qui succéda à cette journée de lente résurgence, Lise ouvrit enfin les yeux. Autour d'elle, tout baignait dans le soleil.

La maisonnée, encore ensommeillée car fatiguée par les veilles prolongées, ne bougeait pas. Simon était allongé au pied du lit où Lise reprenait lentement ses esprits. Les enfants étaient enfouis sous leurs draps. Au-dehors, les oiseaux chantaient le retour à la vie de la nature. La pluie avait cessé. Le ciel était limpide. La forêt détrempée s'ébrouait de toute l'humidité qu'elle avait emmagasinée dans le feuillage de ses arbres. Les eaux troubles s'éclaircissaient et dissipaient leurs pièges sournois.

Le mas des Jourdan retrouvait soudain un air de fête. Une fête où tout n'était que scintillement et miroitement. Reflets d'un renouveau, d'une renaissance où, pour chacun, rien ne serait plus jamais comme avant.

Les yeux fixés au plafond, Lise observait la valse des poussières dans la lumière. Elle savait où elle était mais n'avait aucun souvenir de ce qui lui était arrivé.

Elle se fit violence, s'efforçant de s'extraire de la nuit qui la sécurisait tout en la paralysant et en l'éloignant des siens.

Elle se ressaisit. Se frotta les yeux. Respira à pleins poumons.

Cette fois, Simon ne se trompait pas. Lise l'avait réveillé en bougeant. Il s'assit sur son matelas et resta un instant sans dire un mot. Ce fut Lise qui prit la première la parole :

— Que fais-tu là, allongé par terre ? Tu es malade ?

En d'autres circonstances, Simon aurait ri de ce retournement de situation. Prudent, il pesa ses paroles :

— Je veillais sur toi.

— Sur moi ! Alors pourquoi n'es-tu pas dans le lit ?

— Pour ne pas te déranger. Tu as été très éprouvée. Tu sors d'un très long sommeil.

Lise ne comprit pas de quoi il parlait. Dans son esprit vidé de toute trace du passé, il n'y avait pas de place pour l'angoisse des réveils douloureux. Elle ne revenait pas à la vie. Elle venait à la vie. Aussi avait-elle beaucoup de mal à saisir ce que Simon essayait de lui suggérer.

— Je dors depuis combien de temps ?

— Quelques jours…

— Quelques jours !? C'est impossible, voyons !

— Rien de grave. Tu as eu une grosse fatigue et tu avais besoin de récupérer.

— Les enfants ! Où sont les enfants ?

— Ils dorment, tranquillise-toi. Comment te sens-tu ?

— Eh bien... légère. J'ai l'impression de sortir d'un nuage. Je peine à retrouver mes sensations habituelles...

— Ça reviendra très vite. Tu dois d'abord reprendre des forces.

— Je me sens bien ! répondit Lise par bravade. Je suis seulement un peu affaiblie. D'ailleurs, j'ai l'intention de commencer cette journée par une petite promenade autour du mas. Cela me donnera des forces. Il fait beau. Je regardais à l'instant le soleil jouer à travers la vénitienne...

— Ne penses-tu pas qu'il serait préférable de garder le lit encore un moment, le temps de te retaper ?

— Je n'y suis que trop restée. Tu viens de me le dire.

Simon pensa que l'esprit de Lise avait enfoui très profondément les tragiques événements. Il lui faudrait retrouver le morne quotidien, les contraintes de la vie de reclus que les éléments leur imposaient. Dans l'immédiat, elle devait se rendre compte par elle-même de la situation. Aussi Simon la laissa-t-elle à son questionnement spontané, sans chercher à lui ouvrir les yeux.

Pourtant, Lise ne semblait pas outre mesure étonnée de leur présence dans le grenier ni de l'aménagement de celui-ci, qui reflétait une installation à la hâte de la part de ses occupants. Rien ne laissait penser que sa mémoire défaillait.

Lorsque Alice et Jonathan se réveillèrent et se jetèrent sur son lit en criant de joie, elle retrouva aussitôt les gestes, les paroles de la mère qu'elle n'avait jamais cessé d'être. Sa voix et ses larmes discrètes trahirent cependant son émotion.

C'est à ce moment précis qu'elle ressentit l'absence, le temps écoulé et, aussi, le danger. Ses enfants étaient le fil inaltérable qui la rattachait à la vie, ce qui l'avait probablement incitée à revenir auprès des siens. Ils étaient la chair de sa chair, sa conscience. Leur présence à ses côtés redonna subitement un sens à son retour. Elle avait poussé la porte qu'elle n'entrevoyait pas dans la lumière aveuglante de sa nuit. Très vite la réalité lui était réapparue, sans heurt, sans précipitation. Elle avait pris le temps de franchir le seuil, de tendre les bras, de respirer l'odeur des siens. Les yeux fermés, elle toucha les visages, les épaules, les mains... Elle s'imprégna de ses enfants comme la terre nourricière s'imprègne d'eau. Elle se fondit en eux, jusqu'à ne plus faire qu'un seul être de leurs trois corps, de leurs trois esprits.

Et quand, au sortir de l'étreinte, elle rouvrit les yeux, comme on ouvre en grand les fenêtres après une profonde nuit de sommeil, elle reprit possession du lieu, du mas, de l'espace de survie, des siens qu'elle n'avait jamais vraiment quittés.

— Mes chéris, comme vous m'avez manqué !

Puis, regardant en direction de Simon, elle ajouta :

— Je pouvais compter sur toi, je t'ai toujours senti à mes côtés.

Simon ne l'interrogea pas. Les enfants obéirent aussi à la consigne : pas de questions, pas de remarques. Le temps panserait les blessures invisibles. Trop heureux de constituer à nouveau une vraie famille, ils savouraient cet instant de retrouvailles sans penser au lendemain.

25

Seizième jour
Mardi 21 septembre 2060, 10 h 05
Saint-Jean-de-l'Orme, Cévennes

En quelques jours, Lise reprit des forces en même temps que sa place auprès des siens. Elle ne se montrait nullement traumatisée par ce qui lui était arrivé. Elle se souvenait très bien de tous les événements qui l'avaient bouleversée et avait conscience qu'au-dehors rien n'était plus comme avant. Elle semblait considérer les choses avec beaucoup de sérénité. Elle réagissait comme si toutes les difficultés, toutes les incertitudes avaient toujours un côté positif.

Personne ne lui avait parlé des derniers événements survenus en son absence, ni des loups dans la forêt ni des rats dans la maison. Simon lui avait seulement raconté son périple infructueux, en prenant mille précautions pour ne pas réveiller ses craintes. Quand il lui apprit que la montagne était également entourée par les eaux, et qu'il n'y avait pas d'autres moyens d'accès pour regagner le village, elle répondit simplement que ça ne l'étonnait pas et qu'il faudrait faire preuve de patience.

Mais quelle ne fut pas la surprise de Simon et des enfants, quand, tout à coup, au matin du troisième jour après son réveil, elle déclara :

— J'espère seulement que les loups sont partis et que les rats sont tous morts.

À ces mots, Simon resta coi. Pendant quelques secondes, les yeux plongés dans ceux d'Alice et de Jonathan, tout aussi surpris que lui, il fut envahi par le doute.

— Mais... Tu le sais !?

— Bien sûr ! Les loups ne rôdent pas très loin et la maison a été infestée de rats.

— Mais ça s'est passé pendant ton... ton long sommeil !

— Peut-être, mais je le sais.

Interloqué, Simon ne parvenait pas à comprendre.

— Comment cela est-il possible ? insista-t-il.

Lise esquissa un sourire.

— Dans mon sommeil, il y a eu de nombreux allers-retours. Parfois j'avais une vision très nette de ce qui se déroulait ici. Je ne vous voyais pas vraiment, mais je vous écoutais vivre ou plutôt je vous devinais. Les loups, je les ai entendus hurler près de la clède, de même que j'ai perçu les cris de cette pauvre brebis quand ils l'ont égorgée, ainsi que ceux de la chèvre.

Stupéfaits, Alice et Jonathan, à qui Simon avait dissimulé cet épisode, pensèrent, sans se concerter, que leur maman déraisonnait, qu'elle racontait là un de ses cauchemars. Les loups, ils ne les avaient jamais entendus. Leur chèvre et leur brebis gambadaient encore dans les bois, saines et sauves.

Simon sentit le moment venu d'intervenir :

— Votre maman ne se trompe pas. Ne soyez pas tristes, les enfants, c'est la vie. Des loups affamés rôdaient autour de la clède. Elles n'ont pas pu se sauver. Quand je suis rentré de mon expédition, il était trop tard...

— Tu étais au courant et tu nous l'as caché !

Alice, une fois de plus, fut la plus affectée par cette tragique nouvelle.

Lise s'approcha d'elle pour la consoler. L'enfant se dégagea de son étreinte et, regardant sa mère au travers de ses larmes, lui dit :

— Toi, tu sais où elles sont maintenant. Elles sont heureuses, n'est-ce pas ?

— Bien sûr, ma chérie.

— Alors, je ne suis pas triste.

— Et pour les rats ? demanda Simon en se tournant vers Lise.

— Les rats ! Ils faisaient un tel vacarme ! Comment avez-vous pu ne pas les remarquer ?

— Moi, je les avais entendus ! rétorqua Jonathan. Et papa en a aperçu un qui s'enfuyait...

— C'est en allant inspecter l'appartement que je les ai découverts. Mais, il n'y a plus rien à craindre à présent, s'empressa-t-il d'affirmer. Je les ai empoisonnés.

Sentant son mari intrigué par ses mystérieuses révélations, Lise se réfugia dans ses bras et finit de raconter ce qu'elle avait perçu durant son coma.

— Finalement, j'ai beaucoup de chance, conclut-elle. Je m'en suis bien sortie. La vie n'en prend que plus de valeur à mes yeux. Les difficultés que nous rencontrons ne doivent pas nous décourager. Au contraire, nous devons garder l'espoir. Tout finira par s'arranger.

26

Seizième jour
Mardi 21 septembre 2060, 15 h 35
Saint-Jean-de-l'Orme, Cévennes

Depuis le jour où Lise était revenue parmi les siens, la pluie avait cessé de tomber. Le ciel était dégagé. Chaque matin la lumière du soleil inondait le vallon, mettant les cœurs en fête et la nature en pâmoison.

Simon reprit ses inspections extérieures. Il surveillait la fissure, qui, certes, s'était agrandie mais ne présentait pour l'instant aucun danger pour la stabilité de la construction. Jamais, néanmoins, il ne s'éloignait du mas.

Tandis que les enfants finissaient leurs devoirs scolaires sous l'œil attentif de Lise, il s'isola dans le fond du grenier pour réparer le vieux moteur de l'embarcation. Celui-ci n'avait pas servi depuis des lustres. Les bougies étaient encrassées et la culasse avait besoin d'un bon nettoyage. Méticuleusement, Simon démonta le cylindre pièce par pièce et décalamina le piston, les segments et les soupapes. Puis, fier de son travail, dont il mesurait la valeur à l'aune de ses maigres connaissances en mécanique, il assembla de nouveau le tout sans rien omettre.

Il donnait le dernier tour de clé quand un ronflement sourd brisa le silence auquel tous s'étaient habitués. Surpris, Simon tendit l'oreille. Il y avait bien longtemps qu'il n'avait pas entendu un bruit venu de l'extérieur autre que les cris des animaux de la forêt.

Je ne me trompe pas, pensa-t-il, un bruit de moteur !

Délaissant aussitôt son ouvrage, il se précipita à la fenêtre et se hissa sur le toit. Le ronronnement se rapprochait. Pas de doute, ce n'était pas un bruit naturel.

Lise et les enfants ne semblaient pas l'avoir remarqué, car ils ne bougeaient pas, dans la pièce voisine. Simon plissa les yeux et scruta l'horizon. Le soleil l'aveuglait, la surface de l'eau réfléchissant ses rayons. Il ne vit rien, mais le bruit se précisait.

Sûr, c'est un moteur ! On vient à notre secours...

Ne tenant plus de joie, il se précipita à l'intérieur et annonça à grands cris l'heureuse nouvelle :

— Lise, les enfants ! Les secours arrivent ! Écoutez le bruit de moteur !

Alice et Jonathan se ruèrent à la fenêtre. Lise, plus circonspecte, tenta de calmer leur enthousiasme et, restant à distance, leur conseilla d'attendre sereinement que l'événement se précise pour se réjouir.

— Il faut de la mesure en toute chose, ajouta-t-elle. Plus incertaine est votre espérance, plus forte sera votre déception si ce n'est qu'une fausse nouvelle.

— Ce bruit n'est pas une illusion ! s'écria Jonathan. Papa a raison. C'est celui d'un moteur. On dirait même un moteur de bateau. C'est sûr, ils viennent nous sauver. Montons sur le toit !

— Soyez prudents. Simon, fais attention à ce qu'ils ne se blessent pas. Moi, je préfère rester là.

Tout excités, Simon et les deux enfants grimpèrent sur la toiture et, impatiemment, guettèrent l'apparition d'un Zodiac ou d'une embarcation de ce genre que les secouristes utilisaient en bord de mer pour repêcher les baigneurs en difficulté.

— Je ne vois rien ! s'exclama Alice la première.

Simon scruta le point de passage du gué. Distant de plusieurs centaines de mètres, celui-ci était à peine perceptible du mas. Seule la barrière d'arbres qui le jouxtait permettait de le localiser avec précision.

— Si les secours arrivent, ils viendront par là. Il me semble d'ailleurs que le bruit approche.

— Quelque chose avance sous les feuillages, annonça Jonathan.

— Va vite me chercher les jumelles ! Toi, Alice, demande à maman de me donner un grand morceau de tissu, rouge de préférence.

Les deux enfants se précipitèrent. Lise tempéra de son mieux leur enthousiasme et leur conseilla une fois encore de se contenir.

Telle une vigie, Simon examinait avec soin le point de traversée du cours d'eau.

— Tu vois quelque chose ? s'enquit Jonathan.

— Une grosse masse grise, un peu ronde sur le dessus. Elle reste immobile. J'ai l'impression qu'elle nous observe. À moins que le torrent ne l'empêche de passer.

— Ce n'est pas un canot pneumatique ?

— Non. J'en suis certain. Je ne connais pas ce type d'engin. Ce doit être un véhicule amphibie de l'armée ou de la gendarmerie. Je me demande bien pourquoi il ne bouge pas... Alice, agite ton morceau de tissu. Peut-être qu'ils attendent de voir comment nous réagissons.

Alice s'exécuta tandis que Jonathan hurlait à tue-tête :

— Ohé, ohé ! Venez vite ! Nous sommes là, nous sommes vivants !

Simon, toujours rivé à ses jumelles, était intrigué.

— Qu'est-ce qu'ils foutent, bon sang !

Les minutes s'écoulaient. Rien ne se passait. Au bout d'un bon quart d'heure, le ronflement s'accentua.

— Ça y est, ils avancent vers nous ! Ils ont franchi le gué ! s'écria Simon, redevenu confiant. Je les aperçois mieux, à présent. C'est bien cela, c'est un véhicule amphibie. Il est surmonté d'une sorte de tourelle. Il s'est encore arrêté.

— Mais pourquoi ne viennent-ils pas nous chercher ? s'inquiéta Alice, qui, comme Lise auparavant, commençait à avoir quelques doutes.

— Ils arrivent, sois patiente. Le courant doit les gêner.

— Il n'y a plus de courant là où ils sont, papa, remarqua Jonathan. Ils sont bizarres, ces secours. On dirait qu'ils se méfient. Que vois-tu sur la tourelle ?

— Je ne parviens pas à distinguer. C'est un drôle d'engin. Il ne ressemble à rien de connu. Continuons à agiter le morceau d'étoffe.

Simon se déplaça avec précaution jusqu'au faîtage et, s'agrippant à la cheminée, fit un étendard de sa pièce de tissu écarlate.

Soudain, un coup de tonnerre le renversa. Perdant l'équilibre, il dévala la pente inclinée du toit sous les regards horrifiés des enfants. Rien ne le retint dans sa chute. Il tenta en vain de s'accrocher aux tuiles, qui s'arrachèrent sur son passage. Glissa inexorablement vers le bas. Et, effectuant une ultime roulade, finit par se stabiliser, les pieds dans le chéneau, qui plia sous son poids mais ne rompit pas.

Simon ne bougeait plus, de crainte que le moindre mouvement ne lui soit fatal.

— Tu vas bien, papa ? s'inquiéta Jonathan.

— Tout baigne. Rien de cassé.

Il remonta lentement vers le faîtage, replaçant au passage les tuiles emportées dans son embardée.

— Que s'est-il passé ?

Ces mots à peine prononcés, un deuxième coup de tonnerre partit aussitôt de l'engin amphibie.

— Mais qu'est-ce qu'ils font ? Ils nous tirent dessus ! Alice, Jonathan, mettez-vous à l'abri !

Les décharges avaient éclaboussé le mas d'une lourde gerbe d'eau. Simon et les enfants, trempés jusqu'aux os, avancèrent prudemment sur les tuiles glissantes. Lise les attendait, inquiète, mais s'efforçant de ne pas le montrer.

— Rentrez vite ! Ne restez pas à découvert.

— Ils sont devenus fous ! Pourquoi nous canardent-ils comme en temps de guerre ?

Seul le ronronnement lugubre troublait encore la quiétude du lieu, tel le bourdonnement de quelque insecte dangereux. Il semblait que des yeux inquisiteurs espionnaient le mas. Au moindre mouvement suspect, l'animal projetterait son dard et piquerait tout ce qui bougeait.

— Laissons le lanterneau ouvert, nous entendrons mieux ce qu'ils trafiquent, décida Simon.

Pendant plus d'une heure, le mas resta sous haute surveillance. Simon, Lise et les enfants attendaient, inquiets, maintenus dans l'ignorance la plus totale. Le bruit du moteur ne cessait de les tenir en haleine.

Puis, comme il était arrivé, l'engin mystérieux disparut, abandonnant le mas au silence.

— Ça y est. Ils sont partis, dit Jonathan.

— Je vais voir.

— Ne te montre surtout pas, conseilla Lise. On ne sait jamais.

Rampant à plat ventre sur la pente opposée du toit, Simon scruta l'horizon. Dans les lentilles grossissantes de ses jumelles, tout était redevenu normal.

Dans la maison, le désenchantement succéda à la liesse. Seule Lise ne paraissait pas atterrée.

— Ne vous avais-je pas avertis de garder votre calme ? Notre déception est grande, mais il ne sert à rien de nous apitoyer sur nous-mêmes.

Alice fut la première à refaire surface. Elle avait sans doute hérité de la lucidité de sa maman, et, comme elle, elle ressentait les choses avant qu'elles arrivent.

— Allez, les hommes ! dit-elle de sa petite voix fluette. Ne vous laissez pas abattre. L'essentiel, c'est que nous soyons tous les quatre réunis.

— Tu as raison, ma chérie, réagit Simon. Secouons-nous. Je vais terminer mon travail de mécanique. Jonathan, viens avec moi. Tu m'aideras.

— Pendant ce temps, proposa Lise, je vous prépare quelque chose de bon avec ce qui nous reste.

L'incident fut clos. Il n'avait eu aucune conséquence. Mais une question demeurait ancrée dans l'esprit de Simon, intrigué par cette mystérieuse apparition.

— Demain matin, je placerai le moteur sur la barque, et j'irai inspecter du côté du gué, déclara-t-il.

— Le courant y est très fort. C'est dangereux, objecta Lise.

— Je ferai attention.

27

Dix-septième jour
Mercredi 22 septembre 2060, 9 h 45
Saint-Jean-de-l'Orme, Cévennes

Le lendemain matin, peu avant 10 heures, avec l'aide de Jonathan, Simon se prépara à descendre le moteur.

— Nous l'attacherons à une corde solide. J'ai préparé un treuil. Tu n'auras plus qu'à le laisser glisser lentement. Moi, je le guiderai d'en bas. Je m'installerai dans la barque. Te sens-tu capable de le retenir ?

— Aucun problème, papa. Tu peux compter sur moi, répondit Jonathan, fier comme Artaban.

— Je peux vous aider ? demanda Alice.

— Pas question, trancha Lise. Toi, tu restes avec moi. Ne monte plus sur le toit. Ils n'ont pas besoin de toi.

Ordinairement, Alice aurait tempêté et protesté d'être mise ainsi à l'écart.

— D'accord. Nous serons plus utiles à l'intérieur, reconnut-elle sans soulever d'objections.

— Comme tu me sembles raisonnable !

— J'ai changé, tu sais, pendant ton absence. J'ai dû te remplacer un peu. Les hommes... il faut s'en occuper !

— Tu es merveilleuse, ma chérie !

Lise prit sa fille dans ses bras et respira profondément la douce odeur qui s'exhalait de ses cheveux. Pendant une fraction de seconde, elle se fondit en elle.

— Viens, nous allons leur préparer quelque chose de bon pour leur retour.

Sur le toit, Simon apporta le moteur près du treuil et l'attacha solidement à une grosse corde.

Il ne s'était pas aperçu que l'eau présentait d'étranges reflets.

Avec précaution, il tira sur l'une des extrémités de la corde et leva la charge à bonne distance. Puis il demanda à son fils de pivoter le treuil et de mettre le moteur à l'aplomb afin de lui éviter de frotter contre le mur.

Jonathan, concentré sur sa tâche, s'exécuta. Le jeu de poulies lui permettait de diriger la manœuvre sans difficulté.

Tout se déroulait comme prévu.

Simon attacha sa corde puis laissa agir son fils.

— Dès que je te le dirai, tu la dénoues et tu la déroules tout doucement.

— OK, pa ! T'inquiète pas.

Simon se retourna, attrapa la corde qui d'ordinaire lui servait à quitter le mas et descendit lentement. Lorsqu'il arriva au fond de la barque, il s'assit pour assurer plus de stabilité à l'embarcation. Puis, s'apprêtant à donner l'ordre de départ à Jonathan, machinalement il porta les yeux sur la masse liquide qui l'entourait.

L'eau lui parut bizarre. Il scruta la surface jusqu'à ses limites terrestres. Celle-ci, à perte de vue, présentait une teinte rouge orangé anormale.

À l'autre extrémité de la corde, Jonathan s'impatientait.

— Qu'attends-tu, papa ? Je peux commencer ?

— Une seconde. Regarde l'eau autour du mas. Tu ne vois rien d'étrange ?

— Si, elle a une drôle de couleur. Elle est sale, un peu rougeâtre.

— C'est bien ce qu'il me semble.

Puis, se penchant, il ajouta :

— Elle sent le produit chimique, à base de soufre et de chlore.

— Qu'est-ce que c'est ?

— Je l'ignore. Continuons !

Simon amorça la manœuvre de descente du moteur, non sans penser à ce qu'il venait de découvrir.

— Laisse filer. J'assure de mon côté.

Lentement, le moteur se positionna dans le fond de la barque qui, sous son poids, se mit à tanguer. Simon décrocha la corde et tira dessus afin de signifier à Jonathan que tout était terminé.

— Remonte la corde maintenant. Et rentre dans la maison. Je place le moteur et je procède à un petit essai.

— OK, pa ! Sois prudent.

Il ne lui fallut que quelques minutes pour fixer le moteur à l'arrière de l'embarcation. Le plein d'essence étant fait, il ne lui restait plus qu'à le lancer. À la première tentative, le moteur vrombit, cala aussitôt.

Il faut le dégommer, songea Simon.

Il recommença, plusieurs fois. Le moteur toussa à plusieurs reprises mais refusa de démarrer.

Bon sang, ne nous énervons pas !

Il se leva pour avoir plus d'aisance et de débattement, se pencha sur le carter, remplit ses poumons et coupa sa respiration pour mieux exploiter sa force. Puis il tira d'un coup sec et démarra enfin le moteur. C'est alors que, portant de nouveau son regard à la surface de l'eau, il resta interdit. Sans changer de position, à moitié plié en deux, il observa, effaré, ce qui l'entourait de toutes parts. Des centaines... des milliers de rats, mêlés à des poissons morts, remontaient des profondeurs et flottaient à présent, ventre gonflé et pattes en l'air.

Devant un tel spectacle, le sang de Simon se glaça dans ses veines. Partout autour de lui, c'était la même vision d'apocalypse.

Se rasseyant pour ne pas risquer de tomber dans cette eau pestilentielle, il attrapa une rame et écarta les cadavres. En vain, il y en avait trop.

Alors, il devina, après coup, ce qui s'était passé la veille.

Dès son retour au mas, Lise comprit vite qu'un nouvel incident s'était produit. Calmement, elle prit la parole, ne laissant pas à Simon le temps d'exprimer son écœurement :

— Tu as encore découvert un problème !

Simon biaisa :

— Ce n'est pas si terrible. Ce que j'ai vu n'est pas très ragoûtant, c'est sûr, mais cette fois il n'y a aucun danger immédiat.

— Raconte.

— Les eaux sont infestées de rats crevés. Il y en a des milliers.

— Des milliers ! s'exclama Alice. C'est la raison pour laquelle il y en avait tant dans la maison. C'est toi qui les as empoisonnés, l'autre jour ?

— Certainement pas. Il y en a trop.

— Alors, comment sont-ils morts ? demanda Jonathan.

Lise répondit à la place de Simon :

— L'engin amphibie, hier après-midi. Il est venu pour cela, n'est-ce pas ?

— Je le pense aussi, confirma Simon. Les deux salves qu'ils ont lancées dans notre direction étaient destinées à stériliser les eaux stagnantes.

— Voilà pourquoi elles sont devenues rougeâtres, releva Jonathan. Et cette odeur de soufre et de chlore... tout s'explique !

— Je ne vois pas pourquoi ils ne nous ont pas emmenés après leurs coups de canon.

— Ils devaient avoir leurs raisons !

— Peut-être ont-ils cru que le mas est inhabité. Ils ne nous ont certainement pas vus ni entendus crier sur le toit.

— Possible, reconnut Simon d'un air découragé. Il faudra quand même bien que nous essayions de sortir de ce... trou à rats par nos propres moyens. Demain, j'inspecterai le passage du gué avec la barque. Pour l'instant, je vais mettre le moteur à l'épreuve sans m'éloigner. Il a démarré, c'est déjà ça.

— Je ne crois pas que ce soit une bonne idée d'aller risquer ta vie dans le courant, objecta Lise. J'ai remarqué que le niveau de l'eau ne monte plus depuis quelque temps. Les pluies ont cessé. Je suis sûre que la décrue est pour bientôt. Nous pouvons encore attendre calmement et ne rien tenter de dangereux.

— Je préfère ne pas rester inactif. Attendre n'est pas une solution. Depuis quinze jours que nous sommes sans nouvelles du monde extérieur, nous devons essayer de nous en sortir par nous-mêmes.

28

Dix-huitième jour
Jeudi 23 septembre 2060, 9 heures
Saint-Jean-de-l'Orme, Cévennes

Le lendemain, comme il l'avait projeté, Simon partit en direction du gué. Le moteur ayant été testé, aucun obstacle ne l'empêchait plus d'aller satisfaire sa curiosité : savoir si, au-delà des eaux, il y avait une issue, un débouché sur le reste du monde.

Sur quel monde ?

Tandis qu'il fendait l'eau infestée de rats crevés, il s'interrogeait sur ce qu'il allait découvrir de l'autre côté de la ligne d'horizon.

Le soleil perçait les nuages et inondait le vallon de lumière.

Il s'approchait du gué. Le courant se renforçait à mesure qu'il parvenait près du lit du torrent, l'obligeant à accélérer pour maintenir le cap. Le moteur vrombit de plus belle. La barque tressauta de la proue et se cabra, chevauchant les tourbillons. Elle prit dangereusement de la gîte, contraignant Simon à se pencher vers l'aval afin de faire contrepoids. Il serrait la barre d'une main ferme. L'embarcation ne bronchait pas. Les rapides se brisaient sur les rochers, projetant leur écume entre les branches des arbres des deux rives. Il y avait suffisamment de profondeur pour traverser sans toucher le fond. D'ailleurs, le mystérieux engin amphibie n'avait eu aucune difficulté, semblait-il, à passer dans ces eaux tumultueuses.

Simon vira de bord, se déporta légèrement vers l'extérieur et pointa la proue à contre-courant. Donnant une forte accélération, il tenta de remonter le torrent en direction du pont.

Peut-être le courant est-il moins fort plus haut ! songea-t-il.

Après avoir lancé tous les chevaux de sa machine sur quelques dizaines de mètres, il se rendit à l'évidence : le flot était trop puissant. Il s'en écarta et laissa filer la barque vers son point de départ. Un peu plus vers l'aval, la présence de blocs calcaires au milieu du lit créait le long de la rive un contre-courant plus calme. Simon décida de s'en approcher.

Les rochers cassaient la violence des eaux et permettaient de s'avancer jusqu'au milieu sans grand danger.

C'est ici qu'il faut traverser, réfléchit-il. Avec une bonne accélération, j'y parviendrai en une fraction de seconde. Une fois de l'autre côté, tout redeviendra plus calme.

Face à l'obstacle, sa gorge se noua. L'appréhension s'empara de lui. Il eut soudain envie d'abandonner. Il se rappela les dernières paroles de Lise lui recommandant d'attendre patiemment.

Luttant contre ce défaitisme passager, il réagit, puisa ce qu'il lui restait d'énergie au plus profond de lui-même.

Il ne devait plus tergiverser. Tarder davantage ne l'aiderait pas à prendre une juste et sage résolution.

Pas moyen de biaiser. Il fallait oser ou renoncer.

Le bruit du torrent devenait assourdissant. Le moteur rugissait par petits à-coups, prêt à franchir l'obstacle. L'écume transperçait Simon de son humidité. Alors, d'une poigne ferme, il donna un coup d'accélérateur.

La barque se cabra. Simon maintint le cap vers l'amont pour parvenir au milieu du courant. Les rochers le protégeaient du flot qui se déversait de chaque côté. Parvenu dans la plus grande largeur du lit, il changea de direction, se pencha vers l'aval, puis prit de la vitesse. L'embarcation força, s'éloigna des rochers, tangua, déséquilibrée, et disparut dans le brouillard soulevé par le torrent tumultueux.

Le vrombissement du moteur se fondit dans le mugissement des eaux. Les branches des arbres se ployèrent, comme pour dissimuler ce qui venait de se passer.

29

**Dix-huitième jour
Jeudi 23 septembre 2060, 12 h 10
Saint-Jean-de-l'Orme, Cévennes**

Dans le mas, Lise et les enfants attendaient le retour de Simon. Celui-ci avait promis d'être revenu en fin de matinée.

— Il est midi passé, papa ne devrait pas tarder, releva Alice à l'intention de Lise.

Son regard trahissait un pressentiment. Lise, qui vibrait au même diapason que sa fille, s'en aperçut et tenta de couper court à son étonnement, avant qu'il ne se transforme en peur panique :

— Ne te fais pas de souci, ma chérie. Papa est très prudent. Il ne prendra aucun risque.

— De plus, avec le moteur puissant qu'il a placé sur la barque, renchérit Jonathan, il est comme sur un vrai hors-bord.

— Pourquoi me dites-vous tout cela ? répondit Alice. Je le sais bien, que papa ne risque rien !

La petite fille ne voulait pas montrer qu'au fond elle craignait pour la vie de son père. Elle devinait sa mère encore fragile et ne souhaitait pas l'affoler avec ses propres frayeurs.

À 13 heures, Simon n'était toujours pas rentré.

Quelques nuages effilochés traînaient dans le ciel, abattant un voile grisâtre sur le vallon. Alice, à qui rien n'échappait, était aux aguets.

— Le soleil se cache. C'était trop beau ! Il va pleuvoir à nouveau.

— Ne sois pas si pessimiste, ma chérie. Ce ne sont que des nuages d'altitude. Ils n'annoncent pas la pluie.

L'atmosphère se faisait de plus en plus tendue à l'intérieur du mas.

Les minutes s'écoulaient, interminables. Les heures s'enchaînèrent. L'après-midi touchait à sa fin. Simon n'était toujours pas revenu. Lise tâchait au mieux de garder son calme.

— Peut-être a-t-il trouvé un passage ? suggéra Jonathan, le plus optimiste des trois. Dans ce cas, il sera allé plus loin.

— Papa n'a pas dit qu'il franchirait le gué aujourd'hui, répliqua Alice. Il voulait simplement repérer les lieux.

— Il a dû changer d'avis, les rassura Lise. De toute façon, le soleil va bientôt tomber. Il sera obligé de rentrer. Occupons-nous, plutôt. Ça nous changera les idées.

Lise se mit à la cuisine, Alice à sa lecture et Jonathan à ses jeux.

— Ce que j'ai de la peine à comprendre, dit soudain ce dernier, c'est qu'avec si peu de soleil le générateur à panneaux solaires marche encore... C'est miraculeux, ajouta-t-il en allumant l'ordinateur de son père.

— Tu ferais mieux de faire comme ta sœur. Lis un bon livre plutôt que de jouer à tes jeux stupides. En plus, tu désobéis à ton père ! Tu sais bien qu'il n'aime pas que tu touches à son ordinateur. C'est son outil de travail.

— Juste une minute, promis...

Lise n'avait pas envie de discuter avec son fils qui, en l'absence de son père, prenait parfois des initiatives inhabituelles. Préoccupée par le retard de Simon, elle laissa Jonathan agir à sa guise.

En réalité, le jeune garçon brûlait d'impatience, depuis quelque temps, de tenter une communication avec l'extérieur. Simon, de son côté, avait maintes fois essayé de se connecter avec les bureaux centraux de son journal. En vain. Toutes les liaisons étaient interrompues depuis quasiment le début de la catastrophe. Les serveurs auxquels il était relié depuis son site périphérique étaient dorénavant muets, comme si tout le monde avait déserté son poste. Aussi Simon avait-il cessé d'utiliser son ordinateur, sauf pour taper ses articles, qu'il continuait à rédiger afin de maintenir son esprit en éveil et de pouvoir rendre compte un jour de la mésaventure qu'il vivait avec sa famille, naufragée du déluge.

Jonathan ouvrit l'interface des applications de l'ordinateur, et, d'une main encore hésitante, fit lentement glisser sa souris pour tenter une connexion.

— Ça y est ! Ça marche ! J'ai Internet. La liaison est rétablie !

Lise ne broncha pas. Elle n'avait pas entendu. Alice jeta un regard à son frère sans réagir, peu intéressée, et se replongea dans sa lecture.

Pourvu que mon papa revienne vite ! priait-elle en parcourant les lignes de son livre sans en saisir le sens, tant elle se faisait du souci.

Piqué au vif, Jonathan se connecta sur le programme météo national. Une première carte apparut sur l'écran, qui lui donna aussitôt le relevé des températures des principales villes de France. Une autre afficha les zones de pression atmosphérique.

Il ne comprit pas grand-chose aux courbes barométriques marquées de grands « D » qui couvraient toute l'Europe. Pendant de longues minutes, il fit défiler cartes, diagrammes, graphiques, messages écrits. Le langage météo lui était peu familier. Mais il finit par accepter l'idée que la situation climatique ne s'améliorait guère, d'autant que les prévisions se révélaient très pessimistes.

Bizarre, pensa-t-il, tout indique que le mauvais temps persiste ! Or, ici, il ne pleut plus depuis plusieurs jours...

Examinant la carte du monde, il cliqua sur l'onglet « États-Unis ». L'Amérique passa en gros plan. Les informations ne variaient guère de l'autre côté de l'Atlantique.

Ils n'ont pas plus de chance que nous, les Américains ! C'est partout pareil !

En observant les continents les uns après les autres, Jonathan se rendit vite compte que les bulletins météo étaient les mêmes dans le monde entier.

Il s'apprêtait à quitter toutes les applications, quand un dernier message attira soudain son attention :

« La catastrophe suit son cours. Calottes glaciaires en voie de fonte rapide. Déluge inévitable. Véritable fin du monde prévisible. Seules les populations des hauts reliefs sont à l'abri. »

Incrédule, il relut ces quelques lignes laconiques et, bouche bée, jeta un regard épouvanté en direction de sa mère. Celle-ci devina aussitôt l'effroi de son fils.

— Qu'est-ce qui se passe, Jonathan ? Pourquoi restes-tu ainsi paralysé ? On dirait que tu as découvert une catastrophe !

Jonathan demeurait sans réaction, comme tétanisé.

Puis, se ravisant :

— Rien. Je n'ai rien ! Je pensais à papa.

Il ferma rapidement la fenêtre du site météo. Éteignit l'ordinateur, déterminé à ne rien divulguer à sa mère.

Tous les pays touchés par le phénomène météorologique contrôlaient plus ou moins la situation. Mais le pire était sans doute à venir, si, comme tout le monde le craignait, le niveau des mers continuait à monter et si le ciel persistait à se déverser sans répit sur les terres.

Le cataclysme était mondial ; peu de pays en réchapperaient. Ceux qui étaient dépourvus de tout relief élevé seraient totalement submergés par les flots. Quant aux autres, ils devraient compter avec les inondations dans les hautes vallées, les torrents de boue et les glissements de terrain sur les contreforts montagneux. De toute façon, il fallait s'attendre à une hécatombe humaine, car les zones de refuge ne pouvaient accueillir tous ceux que la peur poussait sur les chemins de l'exode.

Malgré les appels au calme lancés par la plupart des États, les sinistrés n'entendaient que les bruits alarmistes répandus par les bulletins d'information.

Dans quelques pays, les gouvernements avaient décrété la censure des médias, afin qu'ils cessent d'attiser les braises de la panique. Partout, sur toutes les ondes, par tous les moyens, on diffusait des recommandations pour éviter les mouvements d'affolement, on transmettait des indications d'itinéraires, de zones de refuge, de points de transit pour ceux qui étaient déjà en chemin à la recherche d'un endroit pour se poser. On invitait malgré tout l'ensemble des populations à faire preuve de patience et de confiance, et à rester sur place. Mais on avait beau affirmer que les prévisions étaient exagérées et que pour l'instant les spécialistes n'avaient rien décelé de vraiment alarmant, si ce n'était les fortes pluies, rien ne semblait calmer la psychose collective.

30

Vingt et unième jour
Dimanche 26 septembre 2060, 9 h 20
Saint-Jean-de-l'Orme, Cévennes

Simon n'était pas rentré de son exploration. Cela faisait maintenant trois jours qu'il était parti à bord de son canot à moteur, et Lise n'avait aucune nouvelle.

Les enfants se montraient de plus en plus inquiets, surtout Alice, qui pleurait tous les soirs dans son lit. Jonathan, malgré son jeune âge, prenait des initiatives qui ordinairement étaient du ressort de son père, notamment vis-à-vis de sa petite sœur.

Lise, quant à elle, intriguée par la disparition de Simon, résistait plutôt bien. Sa sérénité n'était pas seulement de façade. Elle contrôlait la situation. Elle attendait son retour avec calme. Telle Pénélope espérant celui d'Ulysse, elle n'omettait pas de mettre son couvert en dressant la table ni de préparer son pyjama au bord du lit, le soir venu. Confiante, elle ne cessait de répéter aux enfants que leur père avait réussi à passer le gué et qu'il était allé chercher des secours. Ceux-ci arriveraient, insistait-elle, quand les moyens le permettraient, car l'urgence nécessitait qu'on aide en priorité ceux qui vivaient dans le plus grand dénuement.

Ils furent réveillés par les rayons du soleil, réapparu à travers les nuages.

— C'est bon signe ! s'exclama Jonathan. Le beau temps reprend le dessus. J'ai envie d'aller voir si le niveau a baissé…

— Je t'interdis de t'aventurer sur la toiture ! objecta Lise. Tu pourrais glisser et tomber…

— Je n'ai pas besoin de grimper sur le toit. Il suffit de descendre voir les pièces d'en bas.

— C'est dangereux. Et il y a aussi plein de rats ! s'écria Alice.

— Ils sont morts depuis longtemps ! De plus, la plupart ont dû quitter le navire avant d'aller crever plus loin. La fumée les aura chassés. Donc je ne risque rien… Tu m'y autorises, mam' ?

— Sois prudent ! Prends une lampe de poche. Mais s'il y en a encore, tu remontes tout de suite !

— OK ! Pas de problème.

Très fier d'endosser cette responsabilité, Jonathan chaussa les bottes de son père et, une torche électrique à la main, descendit lentement l'escalier.

Lise le surveillait du haut des marches.

Il poussa la porte avec méfiance et pénétra dans la pièce sombre.

— Que vois-tu, Jonathan ?

— Pour l'instant, rien de spécial. Mais ça pue la charogne. C'est horrible !

Sur le sol jonché de rats en décomposition, seules quelques flaques d'eau subsistaient. L'odeur était pestilentielle. Jonathan balaya la pièce de son faisceau lumineux, puis se dirigea vers une fenêtre.

— Je vais ouvrir pour aérer ! cria-t-il. Ça sent trop mauvais... J'avais raison, le niveau a beaucoup baissé !

Lise sentit monter en elle un immense espoir.

Si seulement, songea-t-elle, cela marquait la fin de cette catastrophe !

Jonathan ouvrit les fenêtres les unes après les autres. Puis il se pencha au rebord de l'une d'elles et constata avec joie que l'eau n'atteignait plus que le haut du rez-de-chaussée. Le niveau avait baissé d'un bon mètre.

La décrue semblait bel et bien amorcée.

L'absence de Simon, cependant, laissait un grand vide dans la maison. Tous attendaient son retour avec impatience.

Après avoir craint la mort de sa mère, Alice commençait à redouter celle de son père. Lise devait utiliser tous les arguments en son pouvoir pour la persuader que tout irait bien.

Jonathan, lui, plus réfléchi, s'était résigné à attendre. Il avait compris que, sans son père, ils pourraient difficilement s'en sortir.

Pour l'heure, ils s'étaient tous mis à l'ouvrage pour redonner un meilleur aspect au vieux mas qui, s'il baignait toujours sous deux mètres d'eau, semblait renaître à la vie, l'appartement étant maintenant accessible.

Sans perdre un instant, Lise entreprit de nettoyer les pièces d'habitation. Les enfants l'aidaient au mieux de leurs possibilités. Le plus pénible fut de débarrasser l'étage des rats crevés qui empestaient l'atmosphère. Munis de seaux, le nez dissimulé derrière un masque protecteur, tous les trois s'y attelèrent, avec dégoût mais persévérance.

La dalle et les cloisons étant gorgées d'eau, il n'était pas encore question d'occuper les lieux. Lise estimait d'ailleurs qu'il faudrait auparavant restaurer les plâtres et les crépis intérieurs. Pour gagner du temps, elle nettoya et désinfecta à grand renfort de savon et de chlore. Le soleil pénétrant généreusement par les fenêtres ouvertes commença à sécher lentement les murs.

Au soir, fourbus, nos trois rescapés s'affalèrent sur leurs lits et, dans une pensée commune, prièrent pour le retour de Simon.

En bonne intendante, Lise avait contingenté les vivres. Depuis le premier jour, elle économisait les provisions, s'évertuant à ne donner à chacun que le strict nécessaire, se privant souvent elle-même pour cacher la pénurie à ses enfants. Les aliments, en effet, commençaient à manquer. Il y avait longtemps que les produits frais étaient épuisés. Il ne restait plus qu'une infime quantité de viande séchée, un jambon cru qu'elle avait mis de côté et quelques conserves en bocaux de sa confection. Elle voulait avant tout éviter de créer un nouveau sujet d'inquiétude : la psychose du manque de nourriture.

Si Simon ne revient pas bientôt, songeait-elle, nous serons pris au piège dans la maison ! Sans la barque, nous ne pourrons même pas sortir pour aller chercher du ravitaillement dans la montagne...

L'idée cependant lui avait effleuré l'esprit. En cas d'urgence, il faudrait quitter le mas et gagner la terre ferme, jusqu'à l'endroit où Simon était parti en exploration. La forêt fournirait des baies, des racines, des champignons, des châtaignes, bref, de quoi survivre. De toute façon, elle ne laisserait pas ses enfants mourir de faim sans tenter de les sauver. Tous trois savaient nager. La distance, une cinquantaine de mètres, ne les arrêterait pas.

Elle ne voyait aucune autre possibilité de s'en sortir.

Pour le moment, elle devait se préparer calmement à cette échéance. Car traverser à la nage sans prévoir de se changer, de se sécher, sans emporter le minimum vital, ne serait pas raisonnable.

Elle pensa alors à confectionner une sorte de radeau sommaire, sur lequel elle mettrait à l'abri de l'eau potable et tout ce qu'elle pourrait embarquer. Elle n'avait ni le matériel ni les compétences pour construire une vraie embarcation capable de les transporter tous les trois avec tout le nécessaire. Elle se contenterait donc de quelques vêtements et vivres, et, accrochée à leur frêle planche de salut, elle espérait ainsi accoster sans problème.

Pour la suite, elle n'avait aucune idée de ce qu'il adviendrait d'eux, une fois sur la terre ferme. Elle savait que les conditions de survie seraient plus difficiles encore. Ils vivraient comme sur une île, sans possibilité de contacter, pour un certain temps, le reste de l'humanité. Il leur faudrait trouver un abri, se préserver des loups, du froid et de l'humidité, chercher de la nourriture. En attendant que la décrue leur permette de quitter leur refuge.

Cette vie d'errance et de danger, elle s'y préparait tout en souhaitant par-dessus tout ne pas avoir à s'y soumettre.

Car elle gardait toujours l'espoir que Simon réapparaîtrait avant qu'il ne soit trop tard.

31

Vingt-deuxième jour
Lundi 27 septembre 2060, 13 heures
Saint-Jean-de-l'Orme, Cévennes

Ce que Lise ne pouvait connaître, tandis qu'elle se préparait au pire, c'était la situation dans laquelle vivaient les habitants de son propre village, voire des villes voisines. Elle espérait que Simon avait trouvé un refuge et demandé de l'aide.

Elle imaginait bien que l'eau avait tout envahi, que les gens étaient bloqués, comme elle, dans leurs maisons, dans l'attente d'être ravitaillés et évacués. Mais ce qu'elle ne pouvait concrètement concevoir, c'était l'ampleur de la catastrophe, et les conséquences induites. Toute une population en état de complet délabrement mental. Le manque criant de moyens, qui entravait l'action des autorités. Mais c'était aussi la faculté qu'avaient certains de se surpasser et de pallier l'incurie des uns, l'abandon des autres, le découragement du plus grand nombre. Cette minorité la plus agissante, la plus ingénieuse, la plus acharnée, la plus obstinée à refuser la fatalité était en train de sauver une humanité résignée à sombrer dans le chaos, faute d'avoir foi en l'avenir.

Le village, bâti au pied de cinq collines, à la confluence de deux petits cours d'eau transformés en torrents furieux, avait très vite été submergé. L'eau avait atteint les seconds étages des maisons qui en étaient pourvues. Seules les quelques habitations à multiples niveaux avaient pu recueillir les rescapés. Les toits émergeaient comme les îlots éparpillés d'un archipel perdu au milieu de l'océan.

Les sinistrés avaient trouvé refuge dans des centres collectifs, chez des amis ou dans les locaux mis à leur disposition par les autorités municipales ou ecclésiastiques.

La disette s'étendait et touchait à présent toutes les couches de la société. Les riches comme les pauvres. La distribution de vivres était limitée au strict nécessaire, le rationnement organisé. Les médicaments manquaient. On déplorait de nombreux décès, particulièrement parmi les plus âgés, pour des causes aussi banales que la grippe, l'angine, la bronchite.

Mais ce qu'on redoutait surtout, c'étaient les épidémies, la dysenterie, voire le choléra. L'eau stagnante en effet s'était vite transformée en cloaque nauséabond, les égouts regorgeant de déjections immondes. Ces calamités, caractéristiques des pays les plus pauvres, menaçaient de s'abattre sur un monde développé désemparé.

Le spectacle était à la fois étonnant et dramatique.

Au milieu des contreforts montagneux que les terrasses découpaient en larges marches d'escalier, les hommes se déplaçaient en canots et en barques, nouvelles jonques venues d'un autre univers.

Aussi ne laissait-on personne totalement isolé. Et, du matin au soir, on voyait glisser, dans un silence de mer étale, une quantité impressionnante de frêles esquifs improvisés, dérisoires planches de salut pour rescapés du déluge, brindilles flottantes pour fourmis emportées par les flots.

Tout un chacun avait pu constater un début de décrue, la pluie ayant cessé. Certes, il fallait encore tenir compte du déversement des eaux de ruissellement venues des montagnes voisines. Tout n'était pas terminé, on en était conscient. Mais cette embellie avait ranimé l'espoir.

Partout on s'affairait. Les maisons qui pouvaient l'être avaient été rouvertes, exposant leurs intérieurs aux rayons bienfaisants du soleil. Les plus valides s'étaient remis à l'ouvrage. À perte de vue, ce n'étaient que norias d'embarcations voguant à la surface de l'eau, transports de marchandises vers les centres de distribution, évacuation des morts en direction des cimetières improvisés, transferts de vivants, hommes et animaux, qu'on essayait d'installer au mieux chez les uns ou chez les autres.

Tout un monde se redressait, avec obstination, courage, ténacité. Le combat contre les eaux, contre les rats, contre les fièvres, contre la faim, contre l'isolement, contre soi-même, toutes ces luttes, chacun les avait engagées par instinct de survie, pour sauvegarder l'espèce et le patrimoine. Et de ces luttes acharnées était en train de naître une nouvelle race d'hommes, plus forte, plus aguerrie, plus tournée vers l'avenir qu'auparavant.

C'est dans ce monde en détresse qu'une frêle embarcation surgit, venue on ne sait d'où. Petit point sur l'horizon, grossissant lentement pour enfin prendre forme. Radeau de la *Méduse* émergeant de l'au-delà. D'un au-delà où personne n'aurait jamais imaginé que l'ombre d'un humain y survivait encore.

Personne ne prêta attention à cet homme, debout dans sa barque, contemplant de ses yeux hagards un spectacle inimaginable. Il se frayait lentement un passage dans le va-et-vient devenu habituel des barges et des canots. Il ne reconnaissait plus l'emplacement des lieux qu'il avait coutume de fréquenter. Perdu dans un tel charivari, il se dirigea vers le clocher de l'église, laquelle, construite sur une hauteur du village, émergeait en partie de l'eau tel un batholite échappé du magma et coincé dans l'écorce terrestre.

Cette maison de Dieu, qu'il n'avait jamais côtoyée, lui apparut comme la promesse du salut. De là, il se repéra, reconnaissant malgré son esprit perturbé quelques endroits qui lui étaient familiers. Il eut de la peine à accepter le fait que toute une population survivait ainsi depuis des semaines dans le dénuement le plus total, en proie à toutes les souffrances.

Quand il aborda près de l'église, ce nouveau naufragé, ce nouveau rescapé, n'en crut pas ses yeux face au spectacle d'un monde au travail, prêt à reconstruire, à rebâtir une vie sur des bases solides, déterminé à accepter l'éventualité que demain l'humanité aurait à s'accoutumer à un univers différent, où l'insularité serait la norme pour tous.

Simon était revenu parmi les hommes.

Simon était vivant.

32

Vingt-deuxième jour
Lundi 27 septembre 2060, 13 h 02
Saint-Jean-de-l'Orme, Cévennes

Lise, abattue, regardait ses provisions avec consternation. Elles étaient presque toutes épuisées. Elle avait conservé pour la fin celles qui ne risquaient rien dans le transbordement.

Elle avait finalement renoncé à attendre le retour de Simon. Certes, elle gardait encore une petite lueur d'espoir, mais sa foi était quelque peu ébranlée. Elle devait se rendre à l'évidence. Même si elle ne pouvait ni ne voulait y croire, il lui fallait envisager le pire. La sagesse, pensait-elle, était de tout prévoir, afin de ne pas se laisser surprendre par l'irrémédiable.

Aussi décida-t-elle d'agir comme si Simon n'allait pas revenir et de parler aux enfants. Néanmoins, jamais elle ne leur proposerait d'abdiquer. Simon était absent, mais vivant. C'était pour le revoir qu'ils devaient survivre tous les trois. C'était la raison pour laquelle ils devaient quitter le mas, en attendant des jours meilleurs.

— Jonathan, Alice... appela-t-elle d'un ton solennel.

Jonathan devina aussitôt le sérieux de la situation.

— Papa ne rentrera pas !

— Votre papa rentrera ! Mais nous, nous ne pouvons plus rester dans le mas. Nous n'avons plus assez de nourriture…

— Nous allons mourir de faim ! s'écria Alice.

— Mais non, voyons ! Nous allons seulement nous réfugier dans la montagne.

— Nous n'avons pas de barque !

— Nous nous en passerons.

Et Lise d'expliquer son plan.

Jonathan, le plus enthousiaste, se mit immédiatement à la tâche. Il ramassa toutes les planches qu'il put dénicher dans le grenier et, avec l'aide de sa mère, commença à les assembler pour confectionner un plateau d'un mètre carré environ, auquel il attacha des jerricans vides en guise de flotteurs. Sur l'arrière, il fixa deux vieilles poignées de placard.

— Tu pourras t'y accrocher, suggéra-t-il à Alice. Il n'y aura de place pour aucun de nous sur le radeau.

Celle-ci n'entrevoyait pas d'un bon œil de devoir se mettre à l'eau pour franchir les cinquante mètres qui séparaient le mas de la terre ferme.

— Et s'il y a encore des rats, ils nous dévoreront !

— Ils sont tous morts empoisonnés, tu le sais bien. Nous ne craignons rien.

Pendant ce temps, Lise emballait le reste des provisions dans des boîtes étanches, ainsi que les vêtements de rechange qui leur seraient nécessaires une fois sur la terre ferme. Ceci fait, elle plaça le tout dans une caisse métallique.

Il ne leur restait plus qu'à tenter la traversée.

Jonathan actionna lentement le treuil et laissa filer la corde qui retenait la caisse. Lise était déjà descendue. Elle attendait, une main appuyée à la paroi de la maison, l'autre au radeau, le buste hors de l'eau pour mieux assister la manœuvre. Elle redoutait cette eau empoisonnée dans laquelle des milliers de rats finissaient de se décomposer.

— Une fois prêt, lança-t-elle à Jonathan, occupe-toi d'Alice ! Sois prudente, ma chérie, accroche-toi bien à la corde !

— J'ai peur de tomber, maman !

Alice avait peur du vide. De plus, la vue de l'eau rougeâtre la terrorisait. Jonathan avait beau l'encourager, elle ne parvenait pas à se décider.

— Il n'y a rien d'autre à faire, la pressa-t-il. Dépêchons-nous, maman s'impatiente.

La fillette respira un grand coup, attrapa la corde, tira sur ses bras et la coinça entre ses pieds. Puis elle amorça lentement sa descente.

Lise la réceptionna en bas.

— Tiens-toi bien aux poignées du plateau, ma chérie… À toi, Jonathan !

Quelques instants plus tard, la traversée commença.

Lise et Jonathan poussaient l'embarcation devant eux en nageant. Alice ne desserrait pas les mains, morte de peur. Le radeau avait beau être de petite taille, il n'était pas facile de le manœuvrer. Lise n'avait pas pensé que la surface de l'eau n'était pas totalement étale. Un léger courant, presque imperceptible, écartait les naufragés du rivage, les entraînant vers le lit du torrent.

— Il faut forcer davantage. Alice, aide-nous. Fais des mouvements de brasse avec tes jambes !

— La planche est trop lourde ! Nous n'y arriverons pas.

Jonathan, qui avait vu le danger, remarqua que le courant les emmenait certes plus loin que l'endroit qu'ils avaient visé mais, en réalité, en direction d'un monticule rocailleux.

— Déportons-nous vers la gauche, conseilla-t-il à sa mère. Quand nous parviendrons à une dizaine de mètres de la presqu'île, nous nagerons de toutes nos forces et accosterons...

Lise, ayant toute confiance en son fils, laissa dériver l'embarcation.

Derrière eux, le mas s'éloignait, tandis qu'ils s'approchaient lentement du rivage. Le silence pesant n'était troublé que par le clapotis de l'eau. Chacun retenait son souffle, conscient que, s'ils rataient l'ultime manœuvre, le flot les emporterait vers un horizon sans retour.

— Allons-y ! s'écria Jonathan le premier. Souquez ferme ! La berge est à dix mètres...

Imperceptiblement, le radeau modifia sa trajectoire et sortit du courant à la force des jambes des trois rescapés. Personne ne parlait. Toute leur attention était fixée sur les rochers qu'ils avaient en ligne de mire.

Après quelques longues minutes, leurs efforts furent enfin récompensés. Exténués mais heureux, ils s'affalèrent sur le sol, les bras en croix.

— Ça y est ! Nous y sommes, soupira Lise de soulagement. Nous sommes sauvés !

Puis, reprenant vite ses esprits, elle invita les enfants à se changer et à mettre les provisions à l'abri, en attendant de réfléchir à la suite. Car son premier souci était de trouver un refuge pour la nuit. La vieille clède baignait dans l'eau. Il était donc impensable de s'y retrancher.

— Pour ce soir, je propose de ramasser un maximum de branchages et de confectionner un abri...

— Je m'y connais en huttes ! lança Jonathan, qui n'avait rien perdu de son enthousiasme. Avec la petite hache, ce sera vite fait.

Et tandis que les heures passaient, tous trois entamèrent leur vie de nouveaux Robinson.

Le soir, la cueillette de Lise se révéla fructueuse. Elle dénicha même une bonne quantité de châtaignes, qu'elle mit de côté pour les jours à venir. Jonathan confectionna immédiatement trois collets, comme Simon le lui avait appris, et les dissimula à l'orée du bois, dans l'espoir d'avoir de la viande à manger le lendemain.

Tout n'était pas rose pour autant. Les yeux brillants, la mine alanguie, sans ressort, Alice semblait avoir pris froid à être restée trop longtemps dans l'eau. Son front était brûlant, sa gorge violacée.

— Tu as dû prendre froid dans l'eau. Tu nous fais un début d'angine ! Heureusement, il y a tout ce qu'il faut dans la pharmacie. Tu vas te coucher sous une couverture et boire une tisane bien chaude.

Jonathan alluma un feu devant la hutte et fit bouillir de l'eau dans une marmite. Avec ce qu'elle avait ramassé dans la forêt, Lise concocta un potage des plus écologiques, à base de feuilles de salade sauvage, de racines comestibles et de châtaignes.

Dans l'adversité, Jonathan trouvait que cette nouvelle vie ne présentait pas que des mauvais côtés. Le retour à la nature et au système D l'amusait, car il avait l'impression de vivre une grande aventure, comme il en avait tant lu et vu dans ses livres et films préférés.

Lise, plus consciente de la précarité de la situation, se raccrochait à l'espoir de revoir bientôt Simon.

Combien de temps serait-elle capable de tenir ainsi sans faillir ?

33

Vingt-deuxième jour
Lundi 27 septembre 2060, 13 h 30
Saint-Jean-de-l'Orme, Cévennes

Sitôt débarqué, Simon avait été reçu par les responsables de la municipalité. Ceux-ci, entourés par les membres de l'équipe sanitaire, ne lui cachèrent pas longtemps la gravité de la situation. Le maire en personne, en tant que premier citoyen de la commune sinistrée, le confronta immédiatement à la réalité :

— Monsieur Jourdan, en pénétrant dans le village, vous vous êtes placé dans l'obligation de ne plus le quitter pour un certain temps.

Abasourdi, Simon s'étonna de la froideur de l'accueil. Il s'apprêtait en effet à demander de l'aide pour sa famille isolée dans ses terres. Après tout ce qu'il avait enduré, il ne comprenait pas la méfiance dont il était l'objet.

— Monsieur le maire, répondit-il, agacé par l'agitation qui l'entourait, j'ai abandonné ma femme et mes enfants. Ils sont seuls et sans nouvelles. J'ai bien cru que je ne parviendrais pas à vous rejoindre. Et là, je suis à peine arrivé que vous m'annoncez que je ne dois pas songer à m'éloigner d'ici ! Et que personne ne portera secours aux miens ! J'ai conscience de la gravité du problème, mais vous ne pouvez pas ignorer ma situation. Donnez-moi au moins de quoi soulager les miens et laissez-moi repartir.

— Monsieur Jourdan, je suis désolé. Mais personne ne quittera notre commune pendant encore deux semaines. Il ne fallait pas y entrer.

— Deux semaines ! Vous n'y pensez pas ! Comment tiendront-ils, là-haut ? Expliquez-vous, je vous prie.

— Une épidémie de choléra s'est déclarée. Sans compter les autres fléaux que nous avons à affronter. Nous avons été notamment infestés de rats. D'ailleurs vous le savez, puisque nos équipes sont allées dératiser partout autour des maisons…

— Voilà pourquoi un engin amphibie s'est approché de notre mas ! Mais pourquoi n'est-il pas venu nous porter secours ?

— C'étaient les ordres. Ne pas entrer en contact avec les habitants vivant en dehors du périmètre de sécurité, afin de ne pas risquer de véhiculer le bacille.

— Si je comprends bien, la commune est mise en quarantaine…

— Exactement. Comme nous manquons de moyens efficaces pour éradiquer l'épidémie, nous avons pris cette décision. Et nous luttons avec acharnement pour soigner, prévenir et surtout pour éviter sa propagation. Nous enterrons nos morts à l'écart et agissons comme en cas de peste.

— Entre la peste et le choléra, il n'y a pas grande différence !

— En effet. Si vous connaissez une autre méthode, transmettez-la aux autorités sanitaires. Pour l'instant, l'urgence est à la mobilisation. Il faut traiter la situation comme si nous étions en guerre. À ceci près que l'ennemi n'est pas à nos portes, mais insinué parmi nous.

— Je saisis mieux à présent l'accueil que vos hommes m'ont réservé…

— Je suis le premier à le regretter. Mais nous ne tolérons aucune exception. Vous resterez donc avec nous le temps nécessaire. Mes services vous affecteront un lieu d'hébergement et, si le cœur vous en dit, vous pourrez toujours vous rendre utile en vous joignant à nos équipes de secours. Comme je vous le disais, c'est la guerre !

— Et pour les miens ?

— Ils sont à l'abri dans votre mas ! La décrue a commencé. Souhaitons que la situation continue à s'améliorer. Pour l'instant, nous n'avons aucun moyen d'agir, ni pour eux ni pour tous ces gens isolés également dans leurs terres.

— Ils sont pris comme des rats dans une souricière, vous voulez dire ! Et ils n'auront bientôt plus de vivres…

— C'est la guerre, je vous le répète. Il faut d'abord penser au plus grand nombre.

— Nous les retrouverons morts de faim… Non, c'est impossible ! Ils espèrent chaque jour mon retour. Ils ne savent même pas si je suis encore vivant…

— Monsieur Jourdan, je vous conseille de vous calmer et de considérer les faits sereinement. Dès que nous aurons jugulé cette crise, nous porterons secours à tous les survivants, je vous en donne ma parole de premier magistrat de cette commune.

Désemparé, Simon s'en remit à la volonté des autorités et offrit son aide pour s'éviter de songer au pire.

Avant de commencer sa tâche, il fut contraint de passer devant une commission d'examen médical pour un bilan sanitaire. Le médecin du village, qui avait installé son antenne à l'étage le plus élevé de la mairie, secondé par une infirmière et par deux jeunes femmes bénévoles, lui demanda de se déshabiller avant de l'ausculter.

— Rien d'anormal, lui déclara-t-il, en conclusion. Vous êtes apte au service.

Derrière lui, Simon reconnut l'une des deux bénévoles.

— Maria ! Vous ici ? Je suis content de vous voir.

— Bonjour, Simon. Je vous ai entendu, tout à l'heure, quand vous parliez au maire. Comment vont Lise et les enfants ?

Maria était l'une des meilleures amies de Lise. Elles fréquentaient le même club de gym dans la ville voisine et passaient souvent des après-midi ensemble.

— Jusqu'à mon départ il y a quelques jours, ils allaient bien. Nous avons tenu dans notre mas comme dans une bastide fortifiée.

Simon tut l'épisode de l'accident de Lise.

— Racontez-moi ce qui vous est arrivé. Vous disiez à l'instant que vous les aviez quittés il y a plusieurs jours... Comment est-ce possible ?

Simon s'assit et, tranquillement, entreprit le long récit de ses dernières aventures...

34

Quatre jours plus tôt, dix-huitième jour
Jeudi 23 septembre 2060, 9 h 22
Saint-Jean-de-l'Orme, Cévennes

Le courant était trop fort. Les chevaux de son moteur avaient beau donner toute leur puissance, ils n'étaient pas de taille à entraîner la barque sur l'autre rive. Le flot impétueux, joint aux remous engendrés par la présence de rochers qui obstruaient le lit du torrent, fit prendre de la gîte à l'embarcation, qui se trouva tout à coup déséquilibrée par bâbord. Machinalement, Simon se pencha vers l'amont. Erreur fatale. En une fraction de seconde, l'esquif se retourna. Simon se retrouva immergé, accroché à la corde qu'il avait l'habitude de laisser traîner derrière la poupe. Le gilet de sauvetage dont il s'était muni lui garda la tête hors de l'eau, tandis que la barque, emportée comme un fétu de paille, l'entraînait avec elle dans sa descente aux abîmes.

Les secondes qui suivirent lui parurent interminables. Cependant, Simon n'eut pas le temps de craindre la noyade. Pris dans la furie des éléments, il ne réagit que par instinct de survie. L'appréhension de la mort, il ne la ressentit qu'après s'en être sorti, une fois que, le courant s'étant assagi, il se fut rendu maître de la situation.

Tout s'était déroulé très rapidement. Mais il conservait en mémoire des flashs très précis de tous ces instants durant lesquels sa vie n'avait tenu qu'à un fil.

D'abord l'eau. Cette masse d'eau qui s'abattait sur sa tête comme une chape de plomb. Ce soudain bouillonnement, qui l'empêchait de voir et de respirer, s'insinuait partout, l'enfonçait toujours plus profondément. Puis cette remontée vers la surface, le temps de reprendre haleine. Et de nouveau la plongée, plus profonde encore, plus longue, plusieurs fois d'affilée, tel le supplice de la baignoire.

Ensuite les rochers, reçus de plein fouet dans les jambes, dans les côtes, dans la poitrine. Et l'eau, encore, pleine de milliers de rats empoisonnés.

L'épreuve lui avait semblé insurmontable. Quand donc cesserait-elle ? Il sentait son corps inerte, meurtri, recroquevillé, chiffonné, roulé comme un tronc d'arbre en flottaison. Quand, finalement, il fut rejeté comme une épave dans une eau soudain calmée.

À moitié asphyxié, désemparé, rendu comme insensible à la douleur, Simon se laissa entraîner, accroché à sa corde, et finit par récupérer suffisamment de forces pour se hisser dans son embarcation.

Combien de temps resta-t-il ainsi, inanimé au fond de sa barque flottant au gré des eaux ? Il ne s'en souvenait pas.

Ce n'est que vers midi, le soleil alors au plus haut de sa course, qu'il sortit de sa léthargie et réalisa pleinement qu'il avait failli se noyer. Ses membres se paralysèrent. Son corps fut secoué de tremblements incontrôlables. Sa gorge desséchée s'emplit d'un goût amer de fiel qui lui donna envie de vomir toute l'eau qu'il avait ingurgitée pendant son combat éperdu contre les éléments.

Revenu à lui, réchauffé par le soleil, il tenta de se repérer. Les collines qui émergeaient autour de lui lui semblèrent étrangères. Il lui fallut un bon moment pour les reconnaître, tant il avait l'esprit encore traumatisé par sa mésaventure. Il avait dérivé de longues heures et se trouvait très loin du village qu'il comptait atteindre.

Il essaya alors de remettre en marche le moteur. En vain. Ce dernier était noyé et refusait de démarrer. Les rames s'étaient détachées et perdues dans le courant. Simon n'avait plus aucun moyen de progresser.

Refusant de se laisser aller au découragement, il pensa à Lise et aux enfants. Il s'échina à manœuvrer la barque avec ses mains. Travail de galérien ! Il finit par accoster sur une berge couverte de broussailles. Il tira l'embarcation le plus loin possible et, le jour déclinant sur l'horizon, s'en fit un abri précaire pour la nuit.

Le lendemain matin, la faim le tenaillant, il partit en quête de nourriture. Il ne trouva que des herbes comestibles et des baies sauvages, piètre consolation pour son corps meurtri et exténué. Perdu sur une terre désolée et dépeuplée, il se faisait l'effet d'un naufragé sur une île déserte. Loin de tout secours, il ne pouvait compter que sur lui-même. Aussi décida-t-il en première urgence de fabriquer deux rames avec quelques branches et morceaux de bois. Ce ne fut pas chose facile, sans hache, sans clous, sans rien d'autre que ses mains.

Il embarqua la maigre récolte qu'il avait amassée et le bidon d'eau potable, toujours solidement attaché à la barque par une corde. Dans sa quête, il avait découvert quelques magnifiques têtes de nègre, cèpes bronzés appréciés des connaisseurs, qu'il mangerait crus avec parcimonie, luxe éphémère et dérisoire dans une épopée qui devenait véritablement homérique.

Il ne savait pas quelle direction choisir. Conscient que sa résistance était limitée, que ses réserves ne tiendraient pas deux jours, il n'avait pas droit à l'erreur. D'après la position du soleil, il avait dérivé vers le sud. Il lui fallait donc ramer vers l'ouest pour retrouver le village. Selon ses estimations, il espérait y parvenir le lendemain, si tout se passait bien.

Commença alors une lente navigation, qui le vit longer les berges au plus près, afin de pouvoir s'y reposer de temps en temps et de s'y dégourdir les jambes. Les blessures qu'il s'était faites contre les rochers étaient superficielles et n'étaient déjà plus qu'un mauvais souvenir.

La surface de l'eau était des plus calmes. Seules les rides provoquées par des batraciens qui s'en donnaient à cœur joie en perturbaient l'uniformité. Le silence était à la fois pesant et apaisant. L'humanité semblait avoir disparu, engloutie dans les profondeurs marines. Pour un peu, Simon aurait pu imaginer qu'il ne subsistait plus que des étendues lagunaires et lacustres, couvertes de spécimens végétaux acclimatés et peuplées d'espèces animales en mutation. Ce déluge marquait-il une fin de règne, comme l'époque secondaire avait signé la fin des dinosaures ?

Tout en poussant sur ses avirons improvisés, Simon laissait ainsi vagabonder son esprit. Mais, dès qu'il revenait à de plus âpres réalités, il se ressaisissait et martelait la cadence avec plus de vigueur et de régularité, au point que ses mains, crispées sur les rames, étaient martyrisées par les ampoules. Son corps était perclus de douleurs. Ses épaules, son dos, son bassin le tiraillaient par manque d'entraînement physique. Et s'il n'avait eu cette ardeur intérieure qui l'exhortait à se surpasser, cette volonté qui transcende un homme dans le désespoir, Simon aurait abandonné bien avant d'atteindre son but.

Le soir du deuxième jour après son départ du mas, il prit pied de nouveau sur une berge plus hospitalière et plongea aussitôt dans un profond sommeil. Ses forces s'épuisaient faute d'une saine nourriture. Ses efforts violents puisaient dans ce qui lui restait de forces vives. Mais Simon savait qu'il devait continuer, pour lui-même comme pour les siens.

En fait, il ne se trouvait pas très loin des premières habitations. Mais, son état était tel qu'il ne parvenait pas à prendre conscience de sa position.

Il ramait, il ramait. Indifférent aux paysages qui défilaient à côté de lui et qui lui semblaient toujours les mêmes.

Quand il accostait, il errait dans les terres émergées, comme un naufragé sur une île déserte, sans cesse en quête d'une maigre cueillette. Se doutait-il que Lise et les enfants, dans la forêt, connaissaient un sort identique ?

Combien de temps s'écoula ainsi ? Il n'aurait su le dire.

Le quatrième jour, en début d'après-midi, après une longue et pénible matinée, son courage et son entêtement furent enfin récompensés, quand, dans son dos, se dessinèrent les limites de la commune.

Son frêle esquif passa inaperçu dans le va-et-vient des rues transformées en canaux. Nouvelle Venise d'un autre Piémont, le village survivait et, au grand étonnement de Simon, montrait une grande fébrilité malgré les événements.

C'est ainsi que Simon, tout en se dirigeant vers le clocher de l'église, reprit pied dans le monde des vivants.

35

Vingt-sixième jour
Vendredi 1er octobre 2060, 20 heures
Saint-Jean-de-l'Orme, Cévennes

Depuis que Lise et ses enfants avaient regagné la terre ferme, ils ne se nourrissaient que de plantes et de racines, occasionnellement de quelques oiseaux pris au piège, de quelques conserves que Lise réservait à Alice et Jonathan. Elle se privait au maximum, consciente qu'ils ne tiendraient plus très longtemps dans ces conditions.

Avec beaucoup de courage et grâce à l'ingéniosité de Jonathan, qui révélait des qualités insoupçonnées d'habileté et d'imagination, ils se construisirent une cabane en rondins qu'ils recouvrirent d'un toit sommaire de tuiles empruntées à la clède, à grand renfort d'allers et retours. Au sol, un tapis de feuilles sèches les isolait de l'humidité. Devant l'entrée, un feu maintenait à l'intérieur une température supportable.

Lise avait vraiment l'impression de vivre un retour en arrière, jusqu'à une époque où l'homme ne subsistait que de chasse et de cueillette, sous des abris précaires et temporaires. En ces temps-là l'espérance de vie était courte, les enfants les premières victimes.

Voilà pourquoi elle se tourmentait davantage pour Alice que pour Jonathan, plus résistant. L'état de santé de sa fille, en effet, ne s'était pas amélioré. Son angine guérie, la fièvre était tombée. Mais sa langueur perdurait. Elle restait constamment allongée dans la cabane, le plus près possible de l'entrée, afin de profiter au maximum de la chaleur du feu. Sa température était devenue anormalement basse. Ses membres étaient douloureux et parfois de violents vomissements secouaient son corps affaibli.

Lise, dont les connaissances en médecine étaient sommaires, se sentait impuissante. De plus, sa trousse à pharmacie ne lui permettait pas de la soigner convenablement. Elle se contentait donc de lui administrer des doses d'aspirine et les médicaments contre la nausée et la diarrhée dont elle disposait.

Alice dormait de longues heures d'affilée, ses forces diminuant petit à petit. Jonathan comprenait que sa sœur avait besoin d'un traitement urgent. Il aidait beaucoup sa mère dans sa quête quotidienne de nourriture. Il partait souvent seul dans la forêt quand Lise veillait sur Alice. Il faisait la tournée de ses pièges, y trouvait un oiseau, un écureuil, parfois même un lapereau. Il passait ses journées à courir dans les bois, à épier des petits animaux, à l'affût derrière un fourré, ou à ramasser des fagots pour alimenter le feu.

Ce soir-là, il rentra fourbu à la cabane et trouva Lise en pleurs.

— Pourquoi tu pleures, maman ? Tu es triste ?

Lise réagit aussitôt et essuya ses larmes d'un revers de main, peu désireuse de montrer la moindre défaillance devant son fils.

— Ce n'est rien, lui répondit-elle. C'est à cause d'Alice.

— Elle va plus mal ?

— Non. Mais elle ne va pas mieux. Elle vient d'avoir une violente diarrhée. Elle ne retient rien de ce qu'elle mange. Je ne sais plus quoi faire pour elle.

— Elle a dû attraper une cochonnerie dans l'eau lors de notre traversée.

— J'y ai songé. Les nausées, les diarrhées... Elle a dû ingurgiter un microbe en buvant un peu de cette eau corrompue. Avec tous ces rats qui l'ont infectée et ce poison qu'ils y ont déversé, il y avait de quoi intoxiquer toute la population du village !

— Ça finira par lui passer. Elle n'a pas de fièvre, c'est plutôt bon signe.

— C'est cela qui est inquiétant, précisément. En général, quand on a un microbe, l'organisme réagit par un excès de fièvre. C'est sa façon de lutter contre le corps étranger. Vraiment, je ne comprends pas. De plus, elle maigrit à vue d'œil.

— Normal ! Avec ce qu'elle rejette, elle ne peut pas grossir.

— Il faudrait l'hospitaliser. Sinon, il sera bientôt trop tard.

— Tu veux dire qu'elle... va mourir ?

— Je n'ose y penser, mon chéri. C'est impossible, n'est-ce pas ?

— Papa va revenir, j'en suis sûr. Tiens, poursuivit-il en tendant une main devant lui, j'ai attrapé un lapin dans un collet. Il n'est pas mort, je crois. Je n'ai fait que l'assommer. Il faut vite le tuer, avant qu'il revienne à lui, sinon, il souffrira.

Lise caressa la joue de son fils et, le regard dans le sien, l'attira contre elle. Ses larmes coulèrent dans le cou de Jonathan, qui, au fond de lui, dissimulait un immense chagrin.

— Viens, lui dit-elle, on va s'en occuper tout de suite pour faire la surprise à ta sœur quand elle se réveillera.

36

Vingt-septième jour
Samedi 2 octobre 2060, 11 h 30
Saint-Jean-de-l'Orme, Cévennes

Le village était en effervescence. Le bruit courait en effet que les vivres commençaient à manquer, que le ravitaillement ne serait plus assuré. Il était de plus en plus difficile de gérer la pénurie. La mortalité augmentait. Les corps, déjà très affaiblis par l'épidémie, ne supporteraient pas une privation supplémentaire. La disette se ressentait douloureusement. Si la situation s'aggravait, la population serait bientôt décimée.

Les autorités municipales s'étaient vu confirmer, par arrêté ministériel, l'ordre de contenir tous les habitants dans le périmètre bâti de la commune, et d'interdire tout échange avec l'extérieur tant que le fléau ne serait pas jugulé.

La cellule de crise se tenait en permanence dans l'enceinte de la mairie. Ce jour, Simon y participait, ainsi que Maria et le médecin du village, le docteur Pascal.

— Où en sommes-nous, docteur ? demanda le maire avec inquiétude.

— Ça va mal. Non seulement les stocks de nourriture diminuent, mais, en ce qui me concerne, je manque de médicaments. J'ai besoin de morphine pour calmer les douleurs, d'antibiotiques et de pénicilline. Mes stocks sont presque épuisés. Si nous n'y remédions pas, nous déplorerons de nombreux décès dans les jours qui viennent.

— Vous pouvez faire une évaluation ?

— C'est difficile. La commune compte huit mille habitants. J'estime que vingt à vingt-cinq pour cent de la population a contracté la maladie...

— Vous voulez dire que deux mille personnes sont en danger de mort !?

— Exactement. Et je ne compte pas celles qui sont déjà décédées.

— C'est une hécatombe !

— Il faut alerter la préfecture, intervint Simon.

— Nous l'avons fait. La réponse est toujours la même : attendre. Car, partout ailleurs, c'est identique. Nous ne sommes pas les seuls dans cette panade ! C'est une catastrophe qui nous dépasse. Je n'ai jamais vu cela de toute ma vie !

— Attendre et espérer que le fléau s'éteigne de lui-même ! s'insurgea le docteur Pascal. Je ne peux pas accepter une telle ineptie. Ce n'est pas dans mon éthique médicale. Un toubib, ça agit, ça ne reste pas à attendre !

— Vous pouvez agir. Allez-y, continuez à soigner ! C'est votre boulot. Mais il faudra faire avec les moyens du bord. Que voulez-vous que je vous dise de plus ? La quarantaine nous a été confirmée. Croyez-moi, ce n'est pas de gaieté de cœur que j'applique cette décision.

— Qui vous certifie qu'ailleurs le choléra ne sévit pas également ?

— Qu'est-ce que cela change ?

Maria réfléchissait. Habituellement, elle parlait peu au cours des réunions des cellules de crise.

— Monsieur le maire, déclara-t-elle enfin, si le choléra s'est répandu partout, je ne pense pas qu'il y ait un risque supplémentaire de contagion à sortir de notre commune.

— Expliquez-vous...

— Si le fléau sévit en ville, nous ne risquons pas de le propager davantage, puisqu'il y règne déjà.

— Vous avez sans doute raison. Mais les ordres sont formels. Je ne dois autoriser personne à sortir.

— Vous vous entêtez, monsieur le maire, reprit le médecin.

— Docteur, je suis ici le représentant de la loi. Je l'appliquerai, coûte que coûte.

— Si la loi vous ordonne de laisser mourir des milliers de personnes, vous appliquerez la loi ? Et vous garderez votre conscience tranquille ?

— Parfaitement.

Le ton monta brutalement. L'incompréhension était en train de s'installer entre les esprits échauffés et troublés par tant de malheurs.

— La séance est close ! lança le maire pour couper court. Que chacun fasse tout ce qui est en son pouvoir pour soulager et secourir ceux qui en ont le plus besoin. Je contacterai moi-même la préfecture de région pour leur demander de nous héliporter des vivres et des médicaments. Mais je ne suis pas très optimiste. Il faudra de toute façon attendre !

Simon prit le médecin à part au sortir de la réunion et pria Maria de les suivre.

— Docteur, je sais ce que vous pensez de tout cela. Êtes-vous prêt à m'aider ?

— Vous aider ! Dans quel but ?

— Pour sortir de la commune et aller se rendre compte de la situation à l'extérieur.

— Ils ne nous laisseront pas sortir. De plus, comment serons-nous accueillis, ailleurs… si nous y parvenons ?

— De toute façon, si nous ne tentons rien, nous périrons.

— Simon a raison, ajouta Maria. Il faut se rendre à l'évidence. Ils ont probablement déjà tiré un trait sur nous. Nous devons nous débrouiller par nous-mêmes.

— Comment envisagez-vous de gagner la ville voisine ?

— Avec le canot qui m'a amené jusqu'ici. Il suffit de trouver suffisamment d'essence. Le moteur a dû sécher depuis mon arrivée.

— Pas de problème. Je m'en occupe, proposa la jeune femme.

— Vous êtes formidable, Maria. Peu loquace, mais une vraie battante !

— Question de tempérament. Vous pensez à Lise et aux enfants ?

— Je ne pense qu'à eux. Mais il est plus urgent de secourir toute cette population en sursis. De plus, si je n'ai rien à leur apporter, mon retour ne sera pas utile longtemps. C'est pour eux également que je dois aller chercher de l'aide à l'extérieur.

— Vous avez raison, renchérit le médecin, finalement convaincu. Je suis des vôtres. Quand partons-nous ?

— Dès que nous aurons l'essence et des vivres pour plusieurs jours.

— C'est comme si c'était fait, conclut Maria.

37

Vingt-huitième jour
Dimanche 3 octobre 2060, 6 h 45
Saint-Jean-de-l'Orme, Cévennes

Le lendemain, très tôt le matin, alors que la commune émergeait lentement d'une nuit où la mort avait encore frappé derrière de nombreuses portes, le docteur Pascal, Maria et Simon embarquèrent discrètement, lestés d'un jerrican d'essence et d'un sac de nourriture.

— Nous allons sortir du village à la rame, expliqua Simon à mi-voix. Le bruit du moteur éveillerait l'attention. Mieux vaut passer inaperçus jusqu'à la limite du bourg.

— Combien de temps nous faudra-t-il pour atteindre la ville ? s'enquit Maria.

— Si tout va bien, nous y serons dans l'après-midi. Prions pour que nous ne tombions pas en panne.

— Avez-vous pensé à la rivière qui nous en sépare ?

— Le Gardon en effet nous posera un sérieux problème. Les secours, nous les trouverons de l'autre côté, au centre-ville.

— Si le courant est trop fort, nous le sentirons avant d'y parvenir, et la largeur de la rivière nous empêchera de traverser.

— C'est un risque. Voulez-vous renoncer maintenant ? demanda Simon, conscient du danger de son expédition.

Maria regarda le docteur, inquiète de le sentir hésiter.

— Docteur, nous devons tout tenter !

— Vous avez raison. Allons-y !

Lentement, le canot s'éloigna sur l'étendue noire et profonde d'où le village semblait peu à peu émerger. Au bout d'une demi-heure de navigation à la rame, Simon mit le moteur en marche. Il n'y avait plus de maisons à proximité. Les trois fugitifs s'évanouirent dans l'aube naissante.

Les montagnes environnantes se dressaient vers le ciel, telles des îles au milieu d'une mer morte. Toute trace de civilisation avait été effacée. Seules quelques lignes à haute tension traversaient les collines et rappelaient qu'à l'autre extrémité des êtres s'activaient sans doute pour lutter contre la fureur des éléments. Le bruit du moteur résonnait étrangement dans cet univers perdu dans l'infini.

Quel monde ces deux hommes et cette femme allaient-ils découvrir ? Y avait-il d'ailleurs encore un monde devant eux ? N'étaient-ils pas les éclaireurs d'une poignée d'humains, ultimes survivants sur terre après le déluge ?

Depuis plusieurs heures, la barque fendait l'onde à travers une solitude de plus en plus pesante. Le sillage derrière elle s'estompait aussitôt. Les eaux, à peine ouvertes, se refermaient comme pour mieux effacer toute trace de ce corps étranger.

Quand, le soir venu, le canot s'approcha de la périphérie de la ville, l'espoir se réveilla dans l'esprit de Simon et de ses coéquipiers d'infortune. Pour l'heure, le crépuscule masquant la ligne d'horizon, ils décidèrent de s'arrêter pour la nuit sur une berge dégagée. Simon prit immédiatement l'initiative du campement.

Rassemblés autour d'un feu d'où jaillissaient des brindilles de pin incandescentes, ils devisèrent sur les événements dont ils étaient les victimes depuis des semaines que durait la catastrophe. Maria était assurément la plus optimiste, le docteur Pascal le plus circonspect, ayant partagé plus que quiconque les souffrances d'autrui. Quant à Simon, il était des trois à la fois le plus raisonné et le plus déterminé.

L'existence des siens dépendait de celle des autres. Aussi, l'espoir de les retrouver vivants l'incitait à nouveau à se surpasser. Il souhaitait avant toute chose achever rapidement sa mission et rentrer chez lui afin de protéger sa famille. Il ne pouvait pas imaginer à quel point Lise s'était montrée capable de prendre sa destinée en main, et comment Jonathan avait pu dans certains cas le remplacer.

Qu'aurait-il décidé s'il avait appris qu'Alice luttait en ce moment même entre la vie et la mort ?

38

Vingt-neuvième jour
Lundi 4 octobre 2060, 7 h 20
Près d'Alès, Cévennes

Ils repartirent à l'aube. Au fur et à mesure qu'ils approchaient de la cité, le courant s'accélérait, entraînant le canot dans de puissants remous.

Simon reconnut les lieux et fit le point avec le docteur Pascal.

— Nous ne passerons jamais au niveau de la ville. La vallée est trop large à cet endroit. Le flot nous emporterait avant que nous ayons eu le temps de parvenir au milieu du lit.

— Que proposez-vous ? s'inquiéta Maria.

— Je ne vois qu'une possibilité : nous diriger vers l'amont, là où la vallée se rétrécit, trouver un couloir de remontée et, dès que nous en aurons l'occasion, tenter de traverser. Le courant s'y opposera, mais avec la force du moteur, nous atteindrons l'autre rive.

— Et si nous échouons ? s'enquit le docteur.

— Ou bien nous chavirerons, et je n'ose imaginer la suite, ou bien nous serons entraînés loin vers l'aval, mais toujours du mauvais côté.

— Dans ce cas, nous risquons même de manquer d'essence pour rentrer !

— Certes, c'est fort probable.

— Là où nous en sommes, reprit Maria, nous n'avons plus le choix. Nous n'allons pas renoncer maintenant, si près du but !

Le moteur vrombit de nouveau. Simon mit le cap vers l'amont. Les remous se faisaient de plus en plus violents. La barque rebondissait sur la proue. Maria et le docteur Pascal maintenaient l'équilibre en restant assis face à face, l'un à bâbord, l'autre à tribord, tandis que Simon, à l'arrière, tenait la barre d'une main ferme et experte.

Petit à petit, ils s'éloignèrent de la ville, la laissant derrière eux pour mieux y revenir. Le relief se resserrait jusqu'à former un semblant de gorge. C'est à cet endroit précis que Simon décida de virer de bord et de tenter, de force, la traversée vers le rivage opposé où, espérait-il, ils trouveraient de l'aide.

Un flot vigoureux s'étendait devant eux, un véritable fleuve entraînant tout ce qui flottait dans un bruit fracassant.

— Nous ne passerons jamais ! s'exclama le docteur Pascal. Nous allons être emportés comme un fétu de paille !

Simon avait arrimé son canot sur la rive, à une centaine de mètres des premiers remous. Il était parvenu à remonter le cours d'eau en empruntant des zones de calme latérales où seules les eaux de surface s'opposaient à la puissance de son moteur.

Le lit profond du Gardon était le jeu d'un courant d'une puissance titanesque, à laquelle rien ne résistait. Elle arrachait tout sur son passage, arbres, pylônes, routes et ponts. Le fleuve avait été aménagé de longue date et ses rives bétonnées sur de nombreux kilomètres. Les anciens gardaient encore en mémoire le souvenir des fameuses gardonnades, véritables sautes d'humeur dévastatrices de ce cours d'eau qui restait longtemps à sec et qui, à l'automne, se mettait à charrier d'un coup toutes les pluies tombées du ciel. Ses berges endiguées, renforcées et prolongées à la suite des grosses inondations de la fin de la décennie 1990, avaient permis de tempérer la furie des éléments. Mais elles avaient été largement submergées, le niveau se situant à présent bien au-dessus de la cote d'alerte la plus haute jamais enregistrée.

— Qu'allons-nous faire ? demanda Maria.

Simon réfléchit calmement.

— Plus nous remontons, plus la vallée se rétrécit, plus le courant devient violent. À l'entrée de la ville, il y a une confluence. Le courant doit y faiblir. Il nous faudrait traverser juste après cette confluence. En accélérant à fond, nous devrions y parvenir avant que les flots ne nous emportent en aval. Cela nous donne environ deux kilomètres de descente pour atteindre l'autre rive. Ça nous laisse suffisamment de temps.

— Êtes-vous sûr de votre moteur ? Est-il assez puissant ? s'inquiéta le docteur Pascal.

— Je ne l'ai jamais mis à l'épreuve dans une telle situation, c'est sûr !

— Nous prenons de gros risques.

— De toute façon, docteur, à l'heure qu'il est, à Saint-Jean on a dû s'apercevoir de notre absence. Nous ne pouvons plus reculer. Si nous rentrons maintenant, le maire usera et abusera de son pouvoir contre nous. Dans le meilleur des cas, il nous replacera en quarantaine.

— Et nous en aurons de nouveau pour six semaines, ajouta Maria, six semaines à l'isolement. Sans compter que je le trouve un peu bizarre, ce maire ! Je ne le croyais pas si autoritaire.

— C'est la situation qui le rend ainsi, tempéra Simon.

— Vous avez sans doute raison.

— Alors, doc, que décidons-nous ?

— Puisqu'il le faut, fonçons. *Alea jacta est*. J'ajouterai même : *Ave Caesar, morituri te salutant !*

— Hum ! Vous avez de belles réminiscences.

— Je ne connais que cela, malheureusement. Je crains fort que le reste de mes humanités ne se soit évaporé avec l'âge...

Simon dénoua la corde d'amarrage, accéléra et dévia la pointe de son canot vers l'aval. Le courant étant encore faible à cet endroit, il n'éprouva aucune difficulté à le couper de biais. La barque réagit parfaitement à la moindre sollicitation du moteur.

Soudain, les gorges se serrèrent. Les yeux fixés sur la surface de l'eau, nos trois aventuriers avançaient lentement. Simon faisait preuve d'une grande maîtrise, sans cesse à l'affût des objets flottants, se méfiant particulièrement des troncs d'arbres qui dévalaient dangereusement, capables de renverser la barque d'un seul coup de boutoir. Le bouillonnement commençait à s'amplifier. Simon maintenait le cap à tribord, tout en examinant la configuration de la rivière sur sa gauche.

— Nous arrivons au niveau de la confluence...

— Je ne vois rien ! s'écria Maria. Avec l'inondation, il est difficile de reconnaître l'ancienne topographie...

— Le flot s'élargit ! s'écria le docteur Pascal, la voix vite couverte par le mugissement du fleuve.

Le canot sautait sur la crête des vagues puis plongeait dans de dangereux tourbillons. Des paquets d'eau s'écrasaient sur les trois navigateurs, encore et encore.

Après la confluence, le courant s'accélérait, mais les remous devenaient moins violents. Simon décida de tenter le tout pour le tout.

Sans hésiter, il lança à fond le moteur. Celui-ci rugit de toute sa puissance. Mais sa force paraissait dérisoire contre celle des éléments. Le frêle esquif était ballotté comme une bouteille à la mer. Il tanguait de tous côtés, se redressait puis s'enfonçait pour mieux ressurgir de l'eau. Les passagers s'accrochaient à leurs sièges, serrant les dents, fermant les yeux chaque fois qu'un paquet d'eau s'abattait sur eux, reprenant haleine pendant les brefs moments de répit.

L'embarcation se situait à présent au milieu du lit fluvial. Elle avait parcouru plus de la moitié de la distance qui les séparait de la ville. Au loin émergeaient les immeubles les plus élevés, qui devaient regorger de réfugiés venus des secteurs les plus sinistrés.

Simon tendit le bras et désigna le milieu de l'eau.

— Il faut finir la traversée maintenant ! Après, il sera trop tard…

— Le courant nous emporte ! s'écria Maria.

Imperturbable, Simon referma l'angle de navigation au risque de faire chavirer la barque. Celle-ci en effet se mit de travers et donna dangereusement de la gîte.

— Ne vous penchez surtout pas vers l'amont, sinon, c'est le plongeon assuré !

Attentif aux mouvements de l'eau, Simon profitait de chaque creux pour tirer chaque fois une bordée sur bâbord, laissant filer le canot quand arrivait une lame.

Ainsi, de saut en saut, il parvint enfin de l'autre côté du fleuve. La force du courant s'apaisa peu à peu.

— Simon ! s'écria soudain Maria. Derrière nous !

Simon n'eut que le temps de se retourner. Sans réfléchir, il accéléra. La barque se cabra. Trop tard. Un tronc d'arbre la heurta de plein fouet à la proue. Elle pivota sur elle-même, se releva sur son flanc droit et atteignit son point de déséquilibre. L'eau s'y engouffra à grands flots, mais elle ne chavira pas. Entraînée de nouveau vers le milieu du lit, elle dériva sur quelques dizaines de mètres.

Simon, qui avait repris la barre après avoir failli passer par-dessus bord, redonna de l'accélérateur.

Dans le tumulte, il n'avait pas vu que le docteur Pascal avait disparu, emporté par le fleuve. Maria, restée accrochée miraculeusement à l'anneau du porte-rame, s'en rendit compte la première :

— Le docteur ! Le docteur !

En une fraction de seconde, Simon mit le cap au large. Le médecin se débattait dans les tourbillons, mais ne parvenait pas à nager, tant la force du courant le chassait toujours plus loin.

Simon ne dit mot, conscient que s'il tentait de sauver son coéquipier il ne pourrait regagner la rive. D'un rapide coup d'œil en arrière, il vit la ville s'éloigner.

Alors, sans plus réfléchir, il poussa tous ses chevaux dans la bataille. À une vingtaine de mètres d'eux, le docteur agitait les bras hors de l'eau. Il était sur le point de le rattraper, profitant d'une zone d'accalmie. Maria, qui le guidait en s'époumonant, tendit une rame vers le malheureux.

— Vite, vite ! Nous sommes là, docteur !

Happé par un tourbillon, au moment où Maria pensait réussir, le médecin disparut dans l'écume du fleuve.

Simon ne put réagir.

— C'est trop tard, Maria, regretta-t-il, il n'y a plus rien à faire.

Maria, effondrée, ne répondit pas.

Simon se dégagea du milieu du courant et remonta lentement, tandis qu'au loin s'éloignait la dépouille du docteur Pascal.

Dans un profond silence, les deux rescapés parvinrent, au bout d'interminables minutes, de l'autre côté des eaux.

39

Vingt-neuvième jour
Lundi 4 octobre 2060, 11 heures
Alès, Cévennes

La ville, pour ce qu'il en restait, avec de faux airs de Venise enfoncée dans les flots, paraissait étrangement calme. Les immeubles émergeaient aux trois quarts de leur hauteur. Dans le premier cercle de la périphérie, sur les premières collines, les maisons bourgeoises ne montraient que quelques toits de tuiles rouges, illusoires chapeaux chatoyants dans un univers de grisaille et de morosité.

Dans les rues transformées en canaux, d'insolites gondoles aux formes moins romantiques que leurs homologues vénitiennes glissaient en un mouvement lent et ordonné, seuls moyens de déplacement d'une population qui apprenait à ne plus vivre les pieds sur terre. Cette nouvelle race d'hommes avait rejoint ce peuple de jonques et de sampans qui, en d'autres deltas et sous d'autres latitudes, s'était toujours acclimaté au milieu des joncs et des roseaux et avait survécu aux plus violentes tourmentes du ciel.

Il y avait beaucoup de monde au-dehors. De larges barges apportaient des marchandises vers des entrepôts et des magasins improvisés aux derniers étages des gratte-ciel. D'autres assuraient les transports en commun. Des hommes, habillés de frais mais aux rebords de pantalons retroussés, se rendaient à leur travail, tandis que des femmes partaient faire des emplettes dans les boutiques refoulées à la cime des immeubles.

Ainsi renaissait la vie. Une vie qui avait migré des profondeurs de l'underground vers les strates supérieures des buildings. Une vie qui avait repris son cours, sans précipitation et dans la plus grande sérénité.

C'est ce qui étonna le plus Simon et Maria, dès leur arrivée au sein de la cité.

— Où va-t-on ? s'inquiéta celle-ci, intriguée par l'indifférence des gens à leur égard.

— À la sous-préfecture. Le bâtiment est élevé, toute l'administration doit s'y être réfugiée.

Simon devinait juste.

À peine débarqué, il se dirigea vers le planton qui barrait l'accès du bureau du sous-préfet.

— Que voulez-vous ? s'enquit ce dernier.

— Nous venons demander de l'aide pour notre commune. Nous aimerions être reçus par le sous-préfet.

Le factionnaire les pria d'attendre un instant puis les invita à le suivre. Il les introduisit dans une petite pièce, antichambre du bureau du haut fonctionnaire, et les laissa seuls un moment.

— Vous ne trouvez pas étrange, ce manque de précipitation ? releva Maria. On ne croirait jamais que cette ville est complètement sinistrée.

— Ce n'est qu'une impression. Ils maîtrisent la situation certainement mieux que chez nous.

— Avez-vous remarqué comme les gens paraissent tranquilles ? Pas de panique, pas de transferts de corps, pas de canots sanitaires d'urgence. Tout le monde vaque à ses occupations, comme s'il n'y avait que l'eau comme fléau. Alors que chez nous, que d'affolement et de va-et-vient en permanence !

— Question de savoir-faire et de sang-froid !

— Vous avez sans doute raison.

Une porte s'ouvrit au fond de la pièce. Un homme d'une cinquantaine d'années, grosses lunettes d'écaille sur le nez, en sortit d'un pas lent mais assuré.

— Madame, monsieur, dit-il à l'adresse de ses visiteurs, si vous voulez entrer…

Simon et Maria le suivirent dans son bureau.

À peine assis devant le haut fonctionnaire, ils racontèrent, comme il les y invitait, le long périple qui les avait menés jusqu'à lui. Puis, revenant sur le sujet même de leur équipée, Simon expliqua par le menu la situation endurée par les habitants de sa commune.

Le sous-préfet parut étonné de l'ampleur de l'épidémie de choléra qui y sévissait et des mesures autoritaires décrétées par le maire.

— Je vous assure, monsieur Jourdan, que j'ai donné l'ordre à toutes mes équipes navales et héliportées de secourir toutes les villes et tous les villages de notre communauté d'agglomération qui en ont formulé la demande. J'en avais moi-même reçu la directive de monsieur le préfet de région. Certes, au début de la catastrophe, nous étions un peu débordés. Les aides n'arrivaient qu'au compte-gouttes. Et nous avons dû attendre notre tour. Nous avons eu notre lot de victimes, beaucoup de noyés, de malades qui n'ont pu être soignés à temps. La dysenterie a touché beaucoup de monde et nous avons aussi recensé un départ de choléra. Mais tous les recours ont été mobilisés. Les autorités en haut lieu ont montré, à cet égard, beaucoup de diligence et, si nous avons frôlé l'épidémie, nous avons évité le pire... Et vous m'apprenez que, chez vous, un quart de la population est infectée ! Comment cela est-il possible ?

Simon et Maria se taisaient, atterrés par les révélations du sous-préfet. Ils ne comprenaient pas comment on avait osé plonger leur village dans un tel isolement alors que les équipes de secours se trouvaient à leurs portes, prêtes à entrer en action sur un simple appel du maire.

— Monsieur Jourdan, poursuivit le haut fonctionnaire, quand j'ai contacté tous les maires de ma circonscription, plusieurs m'ont fait état de la gravité de leur situation. Nous sommes intervenus immédiatement. Nulle part le choléra ne s'est développé au point d'échapper à la vigilance de nos médecins. Aucune commune n'a été abandonnée. Moi-même, je n'ai jamais ordonné la quarantaine. Nous ne sommes quand même plus au Moyen Âge ! Votre maire m'a répondu qu'il n'avait pas besoin de l'aide que j'étais sur le point de lui envoyer, et qu'il maîtrisait la situation. Je ne comprends donc absolument pas ce que vous me racontez là...

— C'est pourtant la vérité, poursuivit Maria. Personne n'est autorisé à sortir de notre commune. Le fléau s'est répandu partout. Et l'on nous a toujours affirmé que nous n'avions qu'à attendre.

La colère se lisait sur le visage du sous-préfet.

— Attendre que tout le monde soit mort ! s'emporta-t-il. Ça n'a pas de sens ! Il va m'entendre, votre maire ! C'est un bon à rien ! Pour qui se prend-il ? A-t-il seulement réfléchi aux conséquences auxquelles il expose la région ? Croit-il qu'avec une mise en quarantaine il anéantira définitivement le bacille ? À la première occasion, dès la quarantaine levée, il se propagera ailleurs. Quel imbécile !

— Monsieur le sous-préfet, intervint Simon, gêné d'avoir soulevé une nouvelle tempête au milieu d'un océan déjà passablement perturbé, peut-être a-t-il pensé bien faire...

— Refuser de l'aide en mettant tous ses concitoyens en danger de mort, ce n'est plus de l'incompétence, c'est de l'inconscience ! C'est même de la folie ! Il aurait voulu procéder lui-même à l'extermination de ses administrés qu'il n'aurait pas agi autrement. Non, je vous le dis en vérité, cet homme-là est un fou dangereux !

Sitôt les formalités d'hygiène achevées, ils furent invités à se reposer et à reprendre des forces. Le sous-préfet les avait confiés au service des réfugiés, afin qu'ils préparent leur retour dans les plus brefs délais. Son chef de cabinet, Gilles Lepage, un jeune homme d'à peine trente ans, dynamique, leur promit de venir en aide sur-le-champ à toute la population de leur commune placée en quarantaine.

— Je vais envoyer l'hélico procéder à un tour de repérage. S'ils le peuvent, ils achemineront le nécessaire de première urgence et laisseront sur les lieux une équipe médicale.

— Il n'y a guère d'endroits suffisamment proches pour atterrir, remarqua Simon. Le territoire est totalement inondé.

— Ils emporteront des canots pneumatiques. Ils ont l'habitude. Puis je dépêcherai des secours par la voie des eaux, trois engins amphibies chargés de vivres et de médicaments. Vous embarquerez sur l'un d'eux. Aussitôt arrivés, nous prendrons la situation en main. Exit votre maire ! Nous le remettrons à sa place, en attendant que le sous-préfet diligente une enquête à son encontre. S'il le faut, nous demanderons l'intervention des services de la préfecture.

Les événements se précipitaient. L'espoir réchauffait à nouveau le cœur de Simon, qui ne cessait pourtant de s'inquiéter pour les siens. Dans quel état en effet les retrouverait-il ? Cela faisait si longtemps qu'il était parti, un matin, pour repérer le gué…

Le soir, tandis que dans la chambre qu'on leur avait assignée régnait un calme pour une fois réconfortant, Simon se repassa en pensée toutes les péripéties de son épopée. Les images de Lise et des enfants s'entremêlaient avec celles de sa lutte contre les flots, de sa lente arrivée dans le village et de sa mise en quarantaine en compagnie de Maria et du docteur Pascal. Pauvre docteur Pascal ! La vision de son visage désespéré, crispé, déjà presque englouti, revenait sans cesse au premier plan de son esprit.

Au cours de la nuit, pourtant tranquille, Simon ne put fermer les yeux. Il redoutait le pire.

Allongée à ses côtés, Maria non plus ne trouvait pas le sommeil. Elle ressentait l'angoisse de Simon, sans qu'elle ait besoin de lui parler. Elle devinait son désarroi dans la pénombre de la chambre, comme si ses craintes planaient au-dessus d'eux.

— J'ai peur, Maria, avoua Simon, rompant le premier le silence. Je ne suis pas préparé à toutes ces horreurs. Je n'ai pas l'étoffe d'un héros. Maintenant que je suis arrivé au bout de l'aventure, je suis mort de trouille.

— Vous êtes un homme formidable, Simon. Vous vous sous-estimez. Peu d'hommes auraient entrepris ce que vous avez réalisé. Chassez donc votre angoisse de votre esprit.

— J'ai peur de rester seul. Lise et les enfants sont toute ma vie. Je prends maintenant conscience que je les ai abandonnés face au danger. Ils n'ont pas pu survivre si longtemps !

Maria frôla la main de Simon. Elle était glacée.

— Ne vous morfondez pas ainsi. Demain, tout sera terminé. Vous les retrouverez vivants. Il faut garder l'espoir.

Simon saisit la main de Maria et, sans arrière-pensée, se rapprocha d'elle. Leurs corps se touchaient. Maria ne bougea pas. Simon se serra contre elle, passa son autre bras autour de ses épaules et blottit sa tête au creux de son cou. Maria comprit que Simon recherchait Lise en sa personne et, tendrement, lui caressa le visage.

— Détendez-vous, murmura-t-elle. Tout se passera bien.

Allongés côte à côte sur l'unique matelas de la chambre, presque enlacés, ils finirent par sombrer dans le sommeil.

40

Trentième jour
Mardi 5 octobre 2060, 8 h 10
Saint-Jean-de-l'Orme, Cévennes

Lise veillait sa fille. Jamais elle ne la quittait des yeux. Très affaiblie, l'enfant luttait avec ténacité contre le mal qui la rongeait. Seul l'espoir de revoir son père la maintenait en vie.

Les conditions de subsistance étaient de plus en plus difficiles. S'il ne pleuvait plus, l'humidité était constante, l'air saturé, le sol gorgé, les talwegs noyés. L'eau s'étendait partout. La baisse générale du niveau de l'inondation, cependant, donnait du baume au cœur. Le mouvement de décrue s'était amorcé, lent mais régulier. Un bon mètre avait été regagné sur la terre ferme et de nombreux espaces étaient à nouveau émergés, offrant, certes, un triste spectacle de désolation, mais régénérant toute une flore et une faune trop longtemps tombées en léthargie.

Lise et Jonathan s'étaient accoutumés à leur nouvelle existence. Les premiers temps, l'adaptation avait été difficile, mais très vite ils parvinrent à vivre en symbiose avec la nature. Jamais Jonathan ne rentrait sans rien. Il apportait tantôt un animal pris dans ses pièges, tantôt une poignée de baies sauvages, tantôt des champignons. Il s'était exercé à aiguiser son regard, son ouïe, son odorat. Il avait compris qu'il fallait chercher d'où venait le vent pour ne pas se faire repérer quand il était à l'affût. Il savait maintenant reconnaître les traces de pattes d'un lièvre, d'un blaireau, d'une biche ou d'un sanglier. Il avait bien essayé de tendre des pièges plus importants que les collets, mais il n'avait encore rien attrapé de plus gros que des lapins et un jeune renard, qu'il avait bientôt relâché faute d'avoir pu l'apprivoiser.

Pendant ses brèves absences du chevet d'Alice, Lise était sans cesse perturbée par l'idée que sa fille puisse s'en aller sans le réconfort de son dernier regard, de la chaleur de son corps près du sien, de ses paroles apaisantes. Elle craignait une maladie plus grave. Une simple angine ne l'aurait pas mise dans un tel état. Elle soupçonnait une septicémie suite à une morsure de rat ou à un empoisonnement dû à l'eau polluée. Son état s'aggravait de jour en jour.

Ce matin-là, tandis que Jonathan était parti de bonne heure pour relever ses collets de la veille, Alice appela Lise, qui était en train de réactiver le feu devant l'entrée.

— Maman, lui confia-t-elle, je n'ai plus la force d'attendre papa.

— Ne dis pas de sottises, ma chérie. Ton état s'améliore.

— Je me sens si faible...

— Mon amour, il faut lutter. Lutter jusqu'au retour de papa. Il va bientôt revenir avec des secours. J'en suis certaine. Tu n'es pas seule, je suis là, ton frère aussi.

Lise ne parvenait pas à contenir ses larmes. Ses yeux se noyaient dans l'immense chagrin qui inondait son cœur. Elle serra les mains de son enfant.

Alice luttait contre le sommeil, un sourire embellissant son visage. Ses lèvres étaient pincées. Ses tempes battaient sous l'effet de la fièvre.

Elle s'abandonnait, n'avait plus la force de réagir. Son corps épuisé ne répondait plus aux élans de sa maman, qui serrait ses mains dans les siennes, ses larmes coulant sans même qu'elle en ait conscience.

Lise veilla Alice de longues heures sans s'apercevoir du temps qui s'écoulait, prostrée, sans bouger, pour ne pas la réveiller.

— Maman ! Maman ! J'entends un bruit de moteur. Il se rapproche... Viens vite !

Jonathan accourait à grandes enjambées. De retour de sa chasse, bredouille, il ne prit pas le temps de rentrer dans la cabane et se précipita au bord de l'eau.

— Maman, viens voir, insista-t-il. Je t'assure, ils arrivent !

Tandis qu'il descendait des hauteurs où il avait l'habitude de poser ses pièges, Jonathan avait perçu au loin un gros bourdonnement. Sans hésitation, il avait pensé à l'arrivée d'un hélicoptère ou d'un engin amphibie. Le moteur de la barque de Simon n'était pas aussi bruyant. Sans relever ses collets, il avait dévalé les faïsses les unes après les autres afin de prévenir Lise et sa sœur au plus vite.

Lise ne réagit pas. Les yeux fermés, le corps recroquevillé sur celui d'Alice, elle ne bougeait pas. Elle n'avait entendu ni les cris de joie de Jonathan, ni le vrombissement du moteur qui s'amplifiait.

Jonathan scruta l'horizon, puis, devant l'inaction de sa mère, rentra dans la cabane.

— Maman, que fais-tu ? Pourquoi ne viens-tu pas voir ?

Lise se retourna instinctivement et, l'air hagarde, regarda son fils, sans comprendre. Jonathan saisit aussitôt la gravité de la situation et se rua vers sa mère.

— Maman, maman ! Secoue-toi !

Lise, sans relâcher Alice, les yeux perdus dans le vague, finit par répondre :

— C'est trop tard. Ce n'est plus la peine.

— Ils arrivent, je te dis. Les secours arrivent ! Tu n'entends pas le bruit d'un engin ? Pourquoi ne lâches-tu pas Alice ? Tu l'étouffes !

— Je te répète que c'est trop tard ! Alice n'a pas résisté.

— Qu'est-ce que tu racontes ?

Jonathan l'écarta, se pencha sur Alice avec effroi, posa la main sur son front, puis, du bout des doigts, effleura sa tempe et l'embrassa.

— Elle respire encore. Elle est vivante. Maman, Alice est vivante !

Lise restait sans réaction. Le choc avait été trop violent. Son fragile équilibre s'était rompu.

Jonathan relâcha son étreinte, puis aida Alice à s'étendre sur le dos. Sans la brusquer, il entraîna sa mère sur sa couche et, l'enveloppant de couvertures, lui conseilla de ne pas bouger.

Après avoir pris soin de sa sœur, dont la vie ne tenait plus qu'à un fil, il retourna aussitôt au bord de l'eau. Alors, à grands cris et à l'aide d'un morceau de tissu multicolore, il se mit à signaler sa présence à l'engin amphibie qui, lentement, s'approchait du mas.

41

Trentième jour
Mardi 5 octobre 2060, 10 h 30
Saint-Jean-de-l'Orme, Cévennes

Les événements s'étaient accélérés.

Dès le lendemain de leur entrevue avec le sous-préfet, Simon et Maria embarquèrent sur l'un des trois véhicules amphibies mis à leur disposition. Sur chacun d'eux prirent place une demi-douzaine de sauveteurs, soit près de vingt personnes réparties en une équipe sanitaire, une équipe administrative et une équipe de secouristes secondés par des pompiers scaphandriers. Tout cela avait été organisé dans l'urgence pour reprendre au plus vite la commune en main et apporter l'aide nécessaire à la population.

La force des moteurs permit de passer le fleuve sans difficulté. Simon et Maria retraversèrent les flots impétueux avec une grande émotion, tout à la pensée de leur ami disparu.

Sitôt parvenus de l'autre côté, les engins filèrent en direction de la montagne, remontant les larges vallons aux limites définies par les eaux. Celles-ci, dans un lent mais régulier mouvement de décrue, avaient encore baissé. Des maisons entières, droites, ruisselantes, apparaissaient, sorties de l'onde comme de la gestation d'un nouveau monde.

Aux premiers bruits des moteurs, tout un peuple de curieux, étonnés par la soudaine agitation, commença à manifester sa présence. Discrètement d'abord, par méfiance sans doute. Puis, quand certains reconnurent Simon et Maria qui se tenaient à découvert, beaucoup se sentirent rassurés et brandirent des foulards de bienvenue. Une ambiance de débarquement se répandit aussitôt dans les rues sinistrées de la petite commune.

Les engins s'arrêtèrent plusieurs fois dès les premières maisons atteintes. Les hommes distribuèrent quelques colis de première nécessité aux personnes les plus âgées et expliquèrent leurs intentions. La mairie fut la première investie par l'équipe administrative, tandis que Simon, séparé de Maria, poursuivait avec l'équipe médicale en direction de son mas.

Le groupe des sauveteurs sillonna tout le village, secondé par un gros hélicoptère de la gendarmerie et, porte-voix à l'appui, mit en place les directives urgentes. Tous les foyers de contagion furent recensés. Les habitants valides, contaminés ou non, furent invités à se rendre dans l'ordre et sans tarder au centre de soins installé dans les locaux du collège. On procéda immédiatement à une vaccination obligatoire et à une distribution de médicaments. De même, des vivres furent acheminés à domicile afin d'éviter de trop nombreux mouvements de va-et-vient et de permettre aux secouristes de circuler plus aisément.

Maria prit en main l'organisation de l'antenne sanitaire, tandis que Simon s'éloignait vers les siens.

L'embarcation dans laquelle il était monté s'approchait du gué fatidique. Simon guidait le pilote, impatient de redécouvrir la silhouette fière et massive de son mas ancestral.

Au loin, sitôt le gué passé, le bastion apparut à l'horizon.

— C'est là-bas ! s'écria Simon dans un élan de joie.

Son cœur cognait dans sa poitrine comme un carillon un jour de fête. Tout à la pensée de retrouver sa femme et ses enfants, il en oubliait presque le temps écoulé, les mésaventures vécues avant et après son départ, les conditions de précarité dans lesquelles il avait abandonné les siens.

Scrutant aux jumelles la surface de l'eau, il dirigea son regard sur les abords du mas et se bloqua sur la silhouette de Jonathan qui s'agitait sur le rivage, un chiffon à la main.

— Bon sang ! Il leur est arrivé quelque chose.
— Pourquoi ? questionna le pilote.
— Je vois mon fils sur la terre ferme. Que fait-il dehors, au lieu d'être à l'abri à l'intérieur de la maison ?

Sur son visage, l'angoisse succéda à l'euphorie. Ses traits se durcirent. Ses yeux s'assombrirent. Ses mâchoires se crispèrent.

— Ne vous inquiétez pas, reprit le second. Ils ont dû se réfugier à l'extérieur par commodité.

L'engin, dans un puissant vrombissement mécanique, s'approcha du mas. La surface de l'eau clapotait contre les murs gorgés d'humidité. Dans un vaste mouvement circulaire, le pilote contourna la bâtisse, puis se dirigea droit sur la pointe de terre sur laquelle Jonathan bondissait de joie, trépignant d'impatience.

— Papa ! Papa ! Nous sommes là !

Simon n'attendit pas l'arrêt du moteur. À peine accosté, il se jeta à l'eau et se perdit dans les bras de son fils. Quelques secondes s'écoulèrent, longues et courtes à la fois, à s'embrasser, s'oublier, oublier. À se sentir, se toucher, se fondre l'un dans l'autre.

— Lise, Alice ? s'enquit Simon, aussitôt sorti de l'étreinte magique qui lui redonnait force et courage.

— Elles sont là-bas, dans notre cabane. C'est là que nous habitons depuis que tu es parti.

Sans demander d'autres explications, Simon se précipita vers l'abri de rondins, tenant Jonathan fermement par la main. Sur le pas de l'entrée, il se figea, le cœur serré.

— Lise, Alice ! C'est moi, je suis de retour.

Lise se redressa sur sa couche et, se levant d'un bond, tomba dans les bras de son mari.

Dans l'urgence, l'équipe médicale s'occupa d'Alice et procéda à sa réanimation.

— Tout va bien, ma chérie, dit Simon pour rassurer Lise qui avait repris ses esprits. Nous la sauverons. Elle vivra !

42

**Trentième jour
Mardi 5 octobre 2060, 12 h 20
Saint-Jean-de-l'Orme, Cévennes**

L'hélicoptère de la gendarmerie, appelé d'urgence par les sauveteurs, évacua immédiatement Alice vers l'hôpital le plus proche. Accompagnée de Lise, qui ne la quitta pas une seconde pendant le transfert, elle fut conduite dans le service d'épidémiologie. Son état fut jugé grave, mais ses jours n'étaient pas en danger.

Les spécialistes ne s'expliquaient pas comment elle avait pu résister si longtemps. D'après eux, seules sa détermination à revoir son père et son intime conviction que celui-ci était encore vivant lui avaient donné la force nécessaire pour combattre l'infection. Alice était une miraculée, car, d'ordinaire, les victimes étaient foudroyées en l'espace de quelques jours.

Lise tressaillit de bonheur quand, enfin, le regard de sa fille se posa sur elle.

— Ma... maman, bredouilla celle-ci, une fois sortie de son profond sommeil, où sommes-nous ?

— À l'hôpital, ma chérie. Tout va bien. Repose-toi.

— Ils sont venus nous chercher ? C'est papa, n'est-ce pas ?

— Papa est revenu. Il t'a vue. Il t'aime, ma chérie.

Alice, très affaiblie, ferma les yeux, accrocha un sourire à ses lèvres. Ses petites fossettes fendaient délicieusement ses joues. Ses pensées s'émaillèrent de rose, tandis que son cœur se remettait à battre et son corps à reprendre vie.

— Je partirai quand d'ici ?

— Dès que tu auras récupéré des forces et qu'on aura chassé cette vilaine infection. En attendant, je ne te quitte pas.

Simon, de son côté, proposa à nouveau ses services. En l'absence de Lise, il confia Jonathan à Maria. Celle-ci le plaça dans un groupe d'enfants de son âge sous la responsabilité d'un enseignant qui leur faisait la classe dans des locaux provisoires. Il rejoignit les équipes de secours pour apporter le nécessaire aux personnes isolées. Une grande solidarité s'était créée au profit des plus sinistrés.

Petit à petit, l'espoir triomphait. La commune se ranimait et, comme dans la ville voisine, les habitants ressortaient de chez eux en longs cortèges de barques joyeuses.

Le niveau des eaux ne cessait de baisser. Les nouvelles étaient de plus en plus optimistes. La catastrophe semblait terminée. Seules restaient à panser les séquelles du déluge. Mais la volonté des hommes et leur courage dans l'adversité leur permettaient de soulever des montagnes, et c'était presque dans l'euphorie que s'opérait le retour à la vie.

Le maire de la commune avait étrangement disparu. Le chef de cabinet du sous-préfet avait pris possession des locaux administratifs, s'étonnant que personne n'ait été présent pour l'accueillir.

Dans une pièce mitoyenne au bureau du maire, un ordinateur demeurait branché. Sur le moniteur, un message figé disait :

« La fin du monde est pour bientôt. L'humanité ne peut se sauver elle-même qu'en entreprenant le long voyage sidéral qui la mènera vers une autre galaxie. Il faut donc partir. Tous les hommes et toutes les femmes qui désirent assurer la pérennité de l'espèce ne doivent pas craindre d'entreprendre ce voyage dans l'au-delà. C'est le seul moyen de survivre à ce cataclysme qui anéantira le monde sous les flots et dans le feu, car les entrailles de la Terre s'ouvriront et le ciel se déversera sur notre planète. Ainsi se réalisera l'Apocalypse selon saint Jean. »

Simon, qui avait rejoint l'équipe du chef de cabinet, découvrit le premier ces lignes énigmatiques, et en resta sans voix quelques secondes. Il attira l'attention de Gilles Lepage.

— Qu'est-ce que cela signifie ?

À son tour, le chef de cabinet examina l'écran.

— Un fou ! Votre maire est un fou ! explosa-t-il, très embarrassé.

— Ou un adepte d'une secte apocalyptique, ajouta Maria en s'approchant d'eux. Il en existe un peu partout. Ce n'est pas la première fois que leurs membres se manifestent. Souvenez-vous de l'affaire de la secte du Soleil, au siècle dernier.

— De cette façon, en profitant d'une catastrophe mondiale ? C'est tout simplement abject ! s'exclama Simon, horrifié.

— C'est précisément cette catastrophe qui a dû conforter notre maire dans ses certitudes. En tout cas, il a bien caché son jeu.

— Il aura donc fui quand il s'est senti découvert. Où est-il allé, selon vous ?

— À moins qu'il n'ait commencé à mettre en exécution son plan diabolique. Un suicide collectif avec les adeptes de sa secte ! Car c'est bien de cela qu'il s'agit.

Le chef de cabinet écoutait sans rien dire. Il ne semblait pas souhaiter s'attarder sur cet incident, persuadé, finit-il par avouer, que l'événement ne valait pas la peine d'y consacrer plus de temps.

— Ça ne tient pas debout, coupa-t-il. Allez, messieurs, au travail. Il y a plus urgent. Rangez-moi tout ce fourbi. Vous, Simon, pourriez-vous inspecter les fichiers de cet ordinateur et sauvegarder toutes les données bizarres, après m'en avoir fait part personnellement ?

— Qu'espérez-vous encore trouver ?

— Je l'ignore. Mais on ne sait jamais !

Simon se mit à la tâche et ouvrit les unes après les autres toutes les applications, dont très peu lui parurent compatibles avec la gestion d'une municipalité.

Au bout de plusieurs heures, les yeux las, il revint au menu principal et s'apprêtait à éteindre l'unité centrale, quand un logo sur l'écran attira son attention. C'était un raccourci imagé vers un programme inconnu, représentant le dieu Zeus, le bras armé d'un éclair zébrant le ciel. Curieux, il entra dans le programme et découvrit, au fil des fenêtres qui tombaient en cascade sur le moniteur, toute une série d'informations météorologiques remontant à plusieurs semaines : des cartes, des tableaux de chiffres, des graphiques, bref, toute la panoplie du parfait climatologue.

Aussitôt il appela le chef de cabinet, qui avait installé son quartier général dans le bureau du maire :

— Gilles, venez voir ce que j'ai trouvé !

Gilles Lepage s'approcha de Simon et examina l'écran par-dessus son épaule.

— C'est pour me montrer des cartes météo que vous me dérangez !? lâcha-t-il sèchement.

— Pas n'importe quelles cartes !

Gilles Lepage observa alors avec plus d'attention les éléments que Simon déroulait sur l'écran de l'ordinateur.

— Je ne vois rien de spécial... Et vous ?

— Regardez bien, je supprime la protection du document...

Simon manipula lentement la souris et dévoila des documents similaires.

— Les données météo d'origine, poursuivit-il, ont été modifiées. Notre brave maire s'amusait à divulguer des prévisions météorologiques erronées, encore plus épouvantables. Alors que la situation s'améliore partout, ces documents laissent penser que la catastrophe s'amplifie et ne s'arrêtera pas.

Le haut fonctionnaire fronça les sourcils, intrigué.

— Dans quel but s'adonnait-il à ce jeu-là, d'après vous ?

— Pour convaincre les adeptes de sa secte que la fin du monde était imminente.

Simon ouvrit un autre fichier. Toute une liste de noms apparut à l'écran : des hommes, des femmes, certains habitant dans le village, d'autres, la majorité, dans les communes voisines. Au total, plusieurs centaines d'individus.

— La liste de la secte ! fit-il, éberlué.

— Le maire inondait donc les réseaux sociaux de faux bulletins météo ! C'est ce que vous voulez dire ?

— Oui, pour amplifier l'effet de psychose et rallier le maximum de crédules à ses thèses apocalyptiques. Il s'agit d'une vaste conspiration, dont il est sans doute l'un des piliers.

Gilles Lepage temporisa quelques secondes.

— Perspicace ! reprit-il. Vous êtes très perspicace, monsieur Jourdan ! Malheureusement, je crains fort que votre perspicacité ne vous ait mené à votre perte.

Simon, surpris par le ton subitement menaçant du jeune chef de cabinet, se retourna et le regarda dans les yeux.

— Que voulez-vous dire ?

Tout à coup, Gilles Lepage sortit une arme de sa poche et la braqua sur Simon qui se raidit, stupéfait.

— Je... je ne comprends pas ! Qu'est-ce qui vous prend ?

— Il me prend, monsieur Jourdan, que vous venez de découvrir le secret de toute cette affaire. Et que je ne peux vous laisser répandre cette vérité qui, il est vrai, paraîtrait tellement extravagante que vous passeriez très probablement pour un fou ! Mais je ne peux courir le risque.

Simon était totalement assommé par l'aveu du fonctionnaire préfectoral.

Celui-ci, emporté par sa soif de triomphe, ne put s'empêcher de préciser :

— Votre maire, poursuivit-il dans un excès de vanité, n'est qu'un pauvre imbécile. Il a failli tout faire échouer en laissant notre plan sans sécurité sur son ordinateur.

— Votre plan ? s'étonna Simon, de plus en plus incrédule.

— Oui, monsieur Jourdan. Notre plan pour sauver ce qui peut être encore sauvé de l'humanité.

— Je ne comprends rien à ce que vous racontez. Vous délirez... Qu'avez-vous fait du maire ?

— Je l'ai placé en lieu sûr. Au dernier moment, il voulait renoncer à notre projet. Des hommes fidèles à notre cause se sont occupés de lui dès notre arrivée.

— Votre projet ! Quel projet ?

— La catastrophe que nous vivons depuis des semaines est le signe annonciateur de la fin du monde que beaucoup d'autres avant nous ont prédite.

Simon commençait à saisir les sous-entendus de Gilles Lepage.

Maria a raison, songea-t-il, paniqué. Il prépare un suicide collectif.

— Voilà pourquoi vous m'avez écarté en m'invitant à rejoindre les miens sans tarder. Moi qui pensais qu'il s'agissait d'un geste de générosité de votre part ! En fait, c'était pour tendre votre piège ici même, et récupérer tous les renseignements compromettants.

— Décidément, monsieur Jourdan, vous comprenez vite.

— Qu'espérez-vous ? Vous ne pourrez pas faire croire longtemps à votre machination. La situation s'améliore partout. Tout le monde s'en rend compte !

— Vous en savez trop. Le reste ne vous regarde pas. De toute façon, pour vous, cette aventure s'arrête là. Nous devons nous quitter, à présent.

— Comment expliquerez-vous ma disparition ?

— On croira que vous étiez des nôtres. Que vous avez fait le grand voyage avec tous nos fidèles, ceux qui survivront dans un monde meilleur.

Soudain, une porte derrière lui s'ouvrit à la volée. Cinq hommes de la gendarmerie mobile, cuirassés comme Dark Vador dans *La Guerre des étoiles*, surgirent et, l'arme au poing, se précipitèrent sur lui. Maria les accompagnait, un peu en retrait.

— Tout va bien, Simon ? s'enquit-elle.

— Vous êtes arrivés au bon moment. Un peu plus et ce fou m'embarquait dans son monde.

— J'ai entendu toute votre conversation, j'étais dans la pièce voisine. Heureusement, j'ai pu intervenir à temps... Je n'aurais jamais imaginé... ! Le maire a été arrêté, ainsi que ses principaux complices.

— Il reste à connaître le nom de tous ces pauvres crédules qui se sont laissé manipuler. Et à les faire redescendre sur terre.

Tandis que les gendarmes emmenaient Gilles Lepage, Simon s'approcha de l'ordinateur, l'éteignit et serra Maria dans ses bras.

— Voyez-vous, Maria, je commence vraiment à en avoir assez de toutes ces aventures...

Épilogue

Petit à petit, le monde se remit à vibrionner avec la fébrilité d'une ruche lorsque revient le printemps.

Alice et Jonathan retrouvèrent leurs jeux, leurs jardins secrets et leurs joies d'enfants. Leur insouciance, face au drame qu'ils avaient vécu, était la preuve tangible que l'être humain est doté d'une grande capacité à renaître et à rebondir vers un autre avenir, toujours plein de promesses et de richesses inépuisables.

Simon et Lise, quant à eux, renouèrent peu à peu avec la vie paisible qu'ils avaient choisi d'offrir à leurs enfants. Forts d'une expérience qu'ils espéraient ne plus jamais connaître, ils reprirent possession de leur mas qui, progressivement, était ressorti des flots comme au premier jour d'une nouvelle Genèse.
Le Castandel se dressait à nouveau tel que les anciens l'avaient édifié, solide dans sa masse de pierre grise, défiant l'éternité et profondément ancré dans la roche séculaire, comme le sont les hommes dans leurs racines ancestrales.

Le déluge n'avait pas emporté l'humanité.
Pour combien de temps ?

Revisité à Saint-Jean-du-Pin,
le 20 décembre 2019

*Composition et mise en pages
Nord Compo à Villeneuve-d'Ascq*

*Cet ouvrage a été imprimé par
CPI Bussière à Saint-Amand-Montrond
en novembre 2020*

*Le papier entrant dans la composition de ce produit
provient de forêts certifiées FSC®
FSC® se consacre à la promotion d'une gestion
forestière responsable.*

Numéro d'éditeur : 2062244
Numéro d'imprimeur : 2054099
Dépôt légal : décembre 2020

Imprimé en France